Jule Brand

Liebe im Nachfüllpack

BASTEI
LÜBBE

Von Jule Brand
erschien bei BASTEI-LÜBBE:

12531 Ein Single kommt selten allein

Jule Brand

Liebe im Nachfüllpack

BASTEI LÜBBE

BASTEI-LÜBBE-TASCHENBUCH
Band 12 563

Originalausgabe

Printed in Germany Oktober 1996
Einbandgestaltung: Gisela Kullowatz
Titelfoto: Andreas Jung, Köln
Satz: Kremerdruck GmbH, Lindlar
Druck und Bindung: Ebner Ulm
ISBN 3-404-12563-0

Der Preis dieses Bandes versteht sich einschließlich
der gesetzlichen Mehrwertsteuer

1

»Du bist *was?*« Matilda schrie durch das ganze Café.

»Pssst!« zischte Franziska.

Die Leute sahen sowieso schon alle zu ihnen her. Was allerdings auch an Matildas Aufmachung liegen konnte. Sie trug einen kurzen Blouson aus schwarzem Lack zu einem höllisch knappen Samtmini in Pink. Das waren Ollie und Benedikt schuld. Derzeit hatten sie das Thema »Kombinieren gegensätzlicher Materialien« am Institut für Mode und Design, und Matilda war dazu verdammt worden, ihre Experimente am eigenen Leib auszuprobieren. Lack und Samt waren da noch harmlos. Letzte Woche hatten Ollie und Benedikt den Zellophanfolien-Kupferdraht-Look kreiert.

»Ich glaub's nicht!« Matilda raufte sich die kurzgeschnittenen schwarzen Locken. »Meine kleine Cousine ist schwanger!«

»Pssssst!« machte Franziska wieder. »Ich habe gesagt, es könnte sein, daß ich schwanger bin. *Könnte!*«

»Aber du nimmst die Pille«, rief Matilda. »So was darf einfach nicht passieren! Wir werden einen Beschwerdebrief an den Hersteller schreiben!«

Franziska sog ärgerlich die Luft durch die Nase ein. Jetzt waren endgültig alle Augen im Café auf sie gerichtet.

»Ich nehm' ja auch die Pille«, flüsterte sie. »Fast immer.«

»Ach so. Du Schaf.« Matilda machte eine Pause. »Vielleicht können wir es ja trotzdem auf den Hersteller schieben. Ich meine, nur weil man *ein*mal vergessen hat, dieses mikroskopisch kleine Kügelchen zu schlucken, darf man ja nicht gleich schwanger werden, oder was meinst du? Da müßten diese Pharmakonzerne doch unbedingt mal was gegen machen.«

Franziska grinste schwach. Sie lehnte sich zurück, nippte an ihrem Cappuccino und sah sich um. »Alle Leute gucken«, beschwerte sie sich.

»Das ist kein Wunder«, meinte Matilda. »Wir sind eben eine Augenweide.«

Franziska nickte zerstreut und sah an ihrem grünen Kleid hinab auf den flachen Bauch. »Ich bin erst zwei Tage über die Zeit«, sagte sie hoffnungsfroh. »Vielleicht ist es ja nur falscher Alarm.«

»Ja, vielleicht«, erwiderte Matilda spöttisch. »Ich hatte mal einen ganzen Monat gar nichts. Der Arzt hat gesagt, das wäre völlig normal.«

Franziska seufzte.

»Allerdings war ich damals erst vierzehn«, fügte Matilda hinzu und kicherte albern.

»Find' ich gar nicht komisch.«

»Ich aber«, gackerte Matilda. »Du und ein Baby! Wenn das nicht komisch ist.«

Franziska zog fröstelnd die Schultern hoch. »Erst zwei Tage. Es ist bestimmt falscher Alarm.«

»Wenn ich mir dich mit einem dicken Bauch vorstelle ...«, fuhr Matilda fort, als hätte sie nichts gehört. »Hach! Alle deine engen Klamotten kannst du so lange mir geben. Ab dem dritten Monat kriegst du keines von deinen Kleidern mehr zu.«

»So ein Quatsch!« widersprach Franziska und legte unwillkürlich die Hände auf den Bauch. »Ich bin außerdem überhaupt nicht schwanger.«

»Kann ich auch das Schwarze mit dem falschen Pelz am Kragen haben?« fragte Matilda freudig erregt. »Du kriegst dafür alle meine ausgeleierten Jogginghosen.«

»Sei still«, sagte Franziska mürrisch. »Du kommst mir vor wie ein Aasgeier! Du kreist schon über meinem Kleiderschrank, bevor wir überhaupt sicher sind. Außerdem – ich will überhaupt kein Kind kriegen. Ich bin erst zwanzig!«

»Cornelius will aber bestimmt eins!«

»Ach, der«, sagte Franziska mit einer wegwerfenden Handbewegung und verfiel in längeres Schweigen.

Matilda musterte sie aufmerksam. »Cornelius wäre auch ein richtig guter Vater. *Den* kann ich mir prima vorstellen, wie er den Kinderwagen durch den Stadtwald schiebt.«

Franziska sagte immer noch nichts.

»Was sagt er denn dazu?« wollte Matilda wissen.

»Ich habe doch gesagt: Erst zwei Tage über die Zeit«, knurrte Franziska unwillig. »Da mach' ich doch noch nicht alle verrückt. Ich hab's nur Caroline erzählt.«

»Und mir«, sagte Matilda.

»Was ich besser nicht getan hätte! Denn jetzt wissen es einfach alle!«

Matilda schaute nicht ein bißchen zerknirscht drein. »Wenn du schwanger bist, dann *heiratet* ihr beide bestimmt. Hach!«

»So ein Quatsch!« fauchte Franziska.

»Du glaubst doch nicht, daß Cornelius ein uneheliches Kind in die Welt setzt«, sagte Matilda. »Der doch nicht. *Der* weiß, was sich gehört.«

»Und wenn er gar nicht der – der … Erzeuger ist?«

»Ist er nicht?« rief Matilda völlig perplex. »Ja, wer denn dann?«

Franziska sagte nichts.

Ihre Cousine beugte sich über den Tisch und sah sie durchdringend an. »Wenn du wirklich von einem anderen Mann schwanger bist, dann würde das heißen, daß du Cornelius betrogen hättest!«

»Ach, nee«, sagte Franziska säuerlich. »Wie scharfsinnig!«

»Du warst mit einem anderen Typen im Bett, Wahnsinn!« schrie Matilda aufgeregt. »Also, das hätte ich dir nicht zugetraut!«

»Deshalb muß es ja nicht gleich die ganze Stadt wissen, oder?« Franziska sah sich wieder im Café um. »Ich erzähl's dir woanders.«

»O ja, bitte«, meinte Matilda und hielt nach der Bedienung Ausschau.

Sie gehörte zu den Glücklichen, bei denen ein freundliches Lächeln und eine lässige Handbewegung ausreichten, um Kellner aller Altersgruppen heraneilen zu lassen, natürlich nur, wenn sie männlichen Geschlechts waren.

»Ich lade dich ein«, erklärte sie und gab dem prompt herbeigespurteten Kellner vier Mark Trinkgeld. »Du brauchst dein Geld demnächst für andere Dinge.«

»Danke«, sagte Franziska und stand auf.

Matilda folgte ihr. »Wo gehen wir jetzt hin? Ich will unbedingt wissen, wer der Typ ist, für den du deine Prinzipien über den Haufen geschmissen hast.«

»Nach Hause. Da kann uns keiner zuhören.«

»Außer Benny und Ollie. Ich wette, die lungern wieder in unserer Küche herum, und Caroline füttert sie mit allem, was unser Kühlschrank hergibt.«

2

Franziska, Caroline und Matilda teilten sich eine Etage in einem heruntergekommenen Jugendstilhaus mitten in der Stadt.

Die Miete war erschwinglich, weil an dem Bau seit über vierzig Jahren – damals waren die Bäder eingebaut worden – nichts mehr erneuert worden war.

»Trotzdem haben wir Glück«, sagte Matilda. »Früher mußten die armen Menschen einen Verschlag im Hinterhof aufsuchen, um zu pinkeln und Schlimmeres.«

»Damals gab es unter jedem Bett und hinter jedem Vorhang Emaillenachttöpfe«, widersprach Caroline. »Und die kippte man morgens einfach aus dem Fenster. Heute sind solche Nachttöpfe begehrte Sammlerstücke.«

»Igitt«, sagte Franziska.

Das Haus wurde noch mit Kohleöfen beheizt, für die Briketts aus dem Keller heraufgeschleppt werden mußten, und die Fenster waren nur einfach verglast und ziemlich zugig.

Die Wohnung der Mädchen lag im dritten Stock und hatte drei Zimmer, eine große Küche und ein altmodisches Bad. Im vergangenen Herbst hatten sie alles mühevoll renoviert, und jede hatte ein Zimmer nach ihrem Geschmack.

Carolines Zimmer war ganz in Rosa und Weiß gehalten.

»Malvenfarben, nicht rosa«, verbesserte Caroline. »Barbiehäuser sind rosafarben, und mein Zimmer hat nichts mit einem Barbiehaus gemein. Es ist die reine Harmonie in klarem Weiß und inspirierendem Malvenrot, ohne auch nur eine Spur kitschig zu sein.«

Caroline studierte Psychologie im zweiten Semester. Sie war eine zierliche, kleine Person mit üppigen roten Locken und einer zarten Haut, von Natur aus eher zurückhaltend und vorsichtig. Wenn Matilda und Franziska aneinander gerieten, was öfter vorkam, war sie stets die Dumme, die zwischen den beiden vermitteln mußte.

»Carolines einzige Schrulle ist Sigmund«, sagte Franziska manchmal.

Sigmund war Carolines Schildkröte, die überwiegend in deren Zimmer wohnte oder sich auf dem kleinen Balkon sonnte, der dazugehörte, und nur von Zeit zu Zeit Ausflüge durch den Rest der Wohnung machte.

»Eine Schildkröte zu haben ist keine echte Schrulle«, widersprach Matilda. »Nein, nein, das einzig wirklich Merkwürdige an Caroline ist, daß sie noch Jungfrau ist. Mit fast einundzwanzig Jahren. Und das bei ihrem Aussehen!«

»Ich würde es ändern, wenn ich könnte«, seufzte Caroline. »Das mit der Jungfräulichkeit, nicht das Aussehen. Aber so was sollte man nicht übers Knie brechen. Außerdem ist Enthaltsamkeit *der* Trend der späten Neunziger, das habe ich erst neulich wieder gelesen.«

»Ich finde, man muß nicht jeden Trend mitmachen«, sagte Matilda, und da lachte Franziska und meinte: »Bei dir ist es dafür auch viel zu spät.«

Matildas Zimmer war mit einem nachtblauen Teppichboden ausgelegt, auf dem gelbe Sterne leuchteten. Die Wände waren sonnengelb, wobei die Farbe genau wie in den anderen Zimmern in mehreren Schichten mit einem Schwamm aufgetupft und gewischt worden war. Von

Franziska und Caroline. Matilda war handwerklich nicht sonderlich begabt.

»Und außerdem bist du faul«, sagte Franziska.

»Die Wände erinnern mich an die Toskana«, meinte Matilda, deren Mutter Italienerin war und ihr nicht nur die dunklen Locken und das Temperament, sondern vor allem das musikalische Talent vererbt hatte.

Die Mutter war eine begnadete Cellistin, die in Florenz hauptberuflich in einem Streichquartett spielte, und Matilda studierte Gesang an der Musikhochschule und spielte hervorragend Klavier.

»Ich bin froh, daß ich auf meine Mutter komme, und nicht auf meinen Vater«, sagte Maltilda manchmal zu Franziska. »Er hätte mir nur eine Glatze vererbt und das Talent, anderer Leute Zähne zu plombieren. Du kommst mehr in diese Familie.«

Franziska mochte solche Bemerkungen überhaupt nicht. Ihr Vater und Matildas Vater waren Brüder und sich sehr ähnlich.

Franziska war auf ihren Vater nicht besonders gut zu sprechen. Er hatte ihr immer noch nicht verziehen, daß sie ausgezogen war. Aus Wut über Franziskas Auszug hatte er auf der Stelle jede Zahlung an sie eingestellt. Seiner Meinung nach hatten anständige junge Frauen so lange in ihrem Elternhaus zu leben, bis sie heirateten und selber Kinder bekamen. Wenn seine Tochter sich nicht an derartige Regeln hielt, mußte sie eben sehen, wie sie sich ohne seine Unterstützung durchs Leben schlagen konnte. Franziska hatte beschlossen, das Risiko einzugehen. Seit dem Tag ihres Auszugs hatte er nicht mehr mit ihr gesprochen, wenn man von der Ausnahme absieht, die er an Weihnachten gemacht hatte.

Da hatte er ihr immerhin am Telefon ein frohes Fest gewünscht.

»Das wünsche ich dir auch, Papa«, hatte Franziska gerührt erwidert, und wundervolle, weihnachtliche Gefühle waren in ihr aufgestiegen. »Es ist so schade, daß wir uns über so eine dumme Sache streiten müssen.«

»Das liegt ganz bei dir«, hatte der Vater gesagt. »Wenn du dich entschuldigst und einsiehst, daß du im Unrecht warst, bist du jederzeit bei uns zu Hause willkommen.«

Und da waren alle wunderbaren weihnachtlichen Gefühle in Franziska auch schon wieder verpufft.

»Meine Mutter tut mir ja so leid«, sagte sie. »Der Typ ist konservativ bis in die Knochen. Und stur wie ein Felsbrocken.«

»Ich sagte doch, er ist wie du«, meinte Matilda. »Du kannst noch froh sein, daß er dir seine Nasenhaare nicht vererbt hat.«

Matildas Klavier und ein riesiges Eisenbett mit Himmel und einem verschnörkelten Kopfteil waren die einzigen Möbel in ihrem Zimmer.

»Ich brauche so ein Bett für mich ganz allein«, behauptete Matilda, wenn die Leute sprachlos vor der gewaltigen Schlafstätte standen.

Matilda war in der Tat sehr groß, knapp über einen Meter achtzig. Das Längste an ihr waren die Beine.

»Ich mag aber jeden Zentimeter an mir«, betonte Matilda, für die »Minderwertigkeitskomplex« ein Fremdwort war. »Und ich mag jeden Quadratzentimeter meines Zimmers. Ich bin sicher, ich würde einen ersten Preis bei einem Einrichtungswettbewerb damit gewinnen.«

»Wenn du aufräumen und saubermachen würdest, vielleicht«, meinte Franziska. »Und wenn Caroline und ich nicht mitmachen würden, natürlich.«

Das Eisengestell von Matildas Bett war üppig mit gelbblau gestreiften und großgeblümten Stoffbahnen drapiert, an den Wänden hingen verschnörkelt gerahmte Familienfotos, Filmplakate und abstrakte Kunstdrucke friedlich nebeneinander, und alles andere, Bücher, Papiere und jede Menge Schnickschnack, lag auf dem Sternenboden. Die Klamotten lagen ebenfalls dort, in wilden Haufen, von denen Matilda behauptete, sie hätten eine bestimmte Ordnung. Caroline und Franziska gelang es niemals, diese Ordnung zu durchschauen, aber sie mußten Matilda zugestehen, daß sie trotz dieser merkwürdigen Methode der Kleideraufbewahrung immer ausgesprochen gut gekleidet wirkte.

»Oder sagen wir originell«, meinte Caroline. »Vor allem, seit Ollie und Benedikt ihre Garderobe bestimmen.«

Franziska mochte ihr Zimmer am liebsten. Es war ganz in Weiß und Türkis gehalten und ebenfalls sparsam möbiliert: mit einem Korbbett, einem Schaukelstuhl, deckenhohen Bücherregalen und einem zierlichen antiken Sekretär mit vielen kleinen Schubladen.

»Kein vernünftiger Schreibtisch, genau wie bei Matilda«, sagte Caroline kopfschüttelnd, die eine zwei Meter breite und achtzig Zentimeter tiefe weißlackierte Arbeitsplatte vor ihrem Fenster angebracht hatte. »Man sieht genau, daß man euer Studium nicht ernst nehmen kann.«

Franziska studierte an der Sporthochschule und empfand diese Bemerkung regelmäßig als ungerecht. »Ich setze mich zum Lernen eben an den Küchentisch«, verteidigte sie sich. »Im übrigen finde ich, daß ich objektiv viel mehr lerne als du.«

»Das liegt daran, daß ich in den Vorlesungen besser aufpasse«, entgegnete Caroline. »Aber wenn ich jeden Morgen mit Rollerskates zur Uni fahren würde, wäre ich auch nicht mehr in der Lage, mein Gehirn zu betätigen.«

»Sport ist gesund« sagte Franziska streng. »Ein bißchen mehr Bewegung könnte dir auch nicht schaden.«

Franziska war keine so auffallende Erscheinung wie ihre Cousine, zumal sie sich meistens eher dezent schminkte und anzog.

»Die Männer drehen sich *trotzdem* immer nach dir um«, sagte Caroline. »Du bist eben auch ohne Schminke was Besonderes.«

»Ja, wenn auch mehr auf den zweiten Blick«, ergänzte Matilda eifersüchtig. »Oder auf den dritten.«

Die Küche und das Bad waren bei den Renovierungsarbeiten ebenfalls farbig geworden, die Küche himmelblau und das Bad mittelmeerblau und weiß.

»Wie ein griechischer Patio«, erklärte Franziska schwärmerisch. »Oder heißt es *das* Patio?«

»Jedenfalls heißt es *das* städtische Schwimmbad«, sagte ihr Freund Cornelius, »und genauso sieht es aus.«

Cornelius fand die Farbenpracht in der Wohnung grauenhaft, obwohl er maßgeblich an den Renovierungsarbeiten beteiligt gewesen war. Damals war er noch Matildas Freund gewesen.*

»Ach Gott, ja«, sagte Matilda. »Mit wem man sich schon alles abgegeben hat, man kann es kaum glauben. Aber Renovieren kann er ja, das muß man ihm lassen.«

»Oberflächlich betrachtet, ist es eine richtig schöne Wohnung geworden«, meinte Franziska. »Sogar die schön-

* Siehe Band 12531: Ein Single kommt selten allein

ste, die ich persönlich kenne. Aber daß wir den Winter überlebt haben, grenzt an ein Wunder.«

»Das schlimmste an diesen Brikettöfen ist nicht, daß man ständig vier Treppen runter- und wiederraufrennen muß, um das Zeug anzuschleppen«, seufzte Caroline, »sondern daß man dabei immer an Herrn Kleinschmidts Wohnung vorbeimuß.«

Herr Kleinschmidt war der Vermieter, und er wohnte im Erdgeschoß, zusammen mit einer bösartigen Dogge, die Zerberus hieß, wie der Höllenhund in der griechischen Mythologie.

»Man weiß nicht, wen man schlimmer finden muß, Hund oder Herrchen«, sagte Franziska.

Herr Kleinschmidt hatte nämlich die Neigung, den Mädchen im Treppenhaus aufzulauern und auf die Pelle zu rücken.

»Mir nicht«, sagte Matilda. »Vor mir hat er Angst.«

»Das liegt daran, daß du zwanzig Zentimeter größer bist als er«, entgegnete Caroline. »Ich wünschte, das wäre ich auch.«

Im zweiten Stock wohnte eine ältere Dame, die sie gelegentlich leicht angesäuert daran erinnerte, daß sie wieder an der Reihe waren, das Treppenhaus zu putzen, und zwar diesmal auch zwischen dem Geländer, wenn sie bitten dürfe. Von dem Ehepaar im ersten Stock bekamen sie fast nie etwas zu sehen. Die Wohnung unter dem Dach war bis vor ein paar Wochen an den Fotografen Felix und Robert, der Medizin studierte, vermietet gewesen. Aber Robert hatte kurzfristig einen Studienplatz in Süddeutschland bekommen, und Felix allein hatte die Wohnung nicht halten können. Es hieß, er sei zurück zu seinen Eltern gezogen. Und das mit achtundzwanzig Jahren.

»Geschieht ihm ganz recht«, meinte Matilda manchmal. »Obwohl man so was nicht mal seinem schlimmsten Feind wünschen dürfte.«

»Ich bin jedenfalls froh, daß er weg ist«, sagte Franziska dann, und Caroline pflegte heftig zu nicken. »Um Robert tut es mir leid, aber Felix war doch ein richtiges Arschloch!«

Matilda schüttelte den Kopf. »Aber die waren wenigstens nicht schwul.«

Ollie und Benedikt, die Felix' und Roberts Wohnung übernommen hatten, waren schwul

»*Ziemlich* schwul«, sagte Ollie, der die Menschen in *etwas*, *ziemlich* und *vollkommen* schwul aufzuteilen pflegte.

Er war ein selbstsicherer, breitschultriger Typ und überdies ein vielversprechendes Talent in Sachen Mode. Wie Benedikt studierte er am Institut für Mode und Design. Im Jahr davor hatte er den ersten Preis bei einem Nachwuchstalentwettbewerb gewonnen.

»Ollie sieht so gut aus, daß es fast schade ist, daß er schwul ist«, meinte Matilda, »aber andererseits möchte man ja wenigstens in seinen eigenen vier Wänden in Ruhe gelassen werden. Das wäre ja sonst nicht zum Aushalten.«

Benedikt war der Sanftere von beiden. Er war kleiner und zarter gebaut als Ollie und hatte lange rote Locken wie Caroline. Er trug stets eine Handpuppe bei sich, wie Bauchredner sie haben, die er mit kieksender Stimme sprechen lassen konnte, ohne dabei seine Lippen zu bewegen. Benedikts sprechende Puppe hieß Bolle. Sie war rothaarig und knubbelnasig und sah ein bißchen aus wie der Bert aus der Sesamstraße. Benedikt hatte Bolle selber gemacht, ihn und alle seine Klamotten. Manchmal waren er und Bolle sogar im Partnerlook gekleidet. Ollie fand, daß Benedikt und Bolle unbedingt zum Kabarett gehen sollten, mit Ollie als ihrem Manager, aber Benedikt sagte, daß er Bolle nur bräuchte, um all die Dinge auszusprechen, die er selber nicht über seine Lippen brächte.

»Man könnte schon denken, daß er ein Rad abhat«, sagte Ollie. »Aber wenn man ihn besser kennt, weiß man, daß er nur ein bißchen spinnt. Trotzdem, mit ihm ist der Welt ein wirklicher Kabarettist verlorengegangen.«

Benedikts eigentliche Leidenschaft war die Musik. Er war der Gitarrist einer fünfköpfigen Popgruppe, die sich »Die Resistenten Kakerlaken« nannte und wirklich fetzige Musik machte.

»Noch zwei Jahre, und du kannst ihre Songs an jeder Ecke hören«, prophezeite Ollie stolz, obwohl er die Band nicht managen durfte. »Dann haben wir Kohle ohne Ende und machen einen eigenen Laden auf.«

Vorläufig aber verdienten sich »Die Resistenten Kakerlaken« ihre Brötchen auf Hochzeiten, Firmenjubiläen und Partys, wo sie als »The Golden Tiepins« mit eben solchen und Anzügen bekleidet auftraten und alles sangen, was das Publikum sich wünschte, von Tina Turner über Guns 'n Roses bis hin zu Rex Gildo, wenn es unbedingt sein mußte.

»Ich mag Ollie und Benedikt viel lieber als Felix und Robert«, erklärte Caroline, als sie Ollie und Benedikt gerade mal zwei Wochen kannten,.

»Weil sie schwul sind«, murmelte Matilda. »Das paßt zu dir.«

»Weil sie nett sind«, widersprach Caroline. »Viel netter als die anderen zwei.«

»Finde ich auch«, sagte Franziska.

»Ja, ja«, seufzte Matilda. »Und die Klamotten, die die machen, sind echt schrill. Eigentlich wie für mich gemacht.«

3

In der U-Bahn auf dem Weg nach Hause war Matilda auffallend still. Nach einer Weile wurde es Franziska richtig unheimlich. Sie stieß Matilda in die Rippen.

»Warum sagst du denn nichts? Die ganzen Leute hier wissen noch nicht, daß ich schwanger bin. Und dabei stehst du schon zehn Minuten mitten unter ihnen.«

»Weißt du, ich glaube nicht eine Sekunde lang, daß du wirklich schwanger bist«, murmelte Matilda. »Aber daß ausgerechnet du Cornelius betrogen hast, macht mich im Grunde völlig fertig.«

»Einmal im Leben habe ich etwas Unmoralisches getan«, sagte Franziska, »und schon werde ich dafür bestraft. Du machst so was täglich, und da kräht keine Krähe nach.«

»Hahn«, verbesserte Matilda. »Krähen krächzen.«

An der offenen Tür mühte sich eine junge Frau damit ab, einen Kinderwagen in die Bahn zu hieven. Das Kind darin war ungefähr ein Jahr alt, trug eine süße rot-grüne Mütze, die wie eine Erdbeere aussah, und schrie fürchterlich. Sein Gesicht hatte dabei die Farbe der Mütze angenommen.

Die Mutter wuchtete Kind und Wagen mit verbissenem

Gesicht hoch. Niemand machte Anstalten, ihr dabei zu helfen. Das Erdbeerbaby kreischte in den höchsten Tönen, als sich ein Reifen verkeilte und die Mutter heftig ruckte und zerrte, damit sich der Reifen wieder löste. Schließlich faßte Matilda den Kinderwagen am Fußende und zog ihn in die Bahn.

»Danke«, sagte die junge Frau und strich sich die Haare aus der Stirn.

Das Baby brüllte wie eine Kreissäge.

»Ist es krank?« fragte Matilda teilnahmsvoll.

»Ach was«, sagte die Mutter. »Marius brüllt, weil ich ihm nicht erlaubt habe, die Brötchen auf die Straße zu werfen, die wir beim Bäcker gekauft haben. Das war vor einer halben Stunde.«

»Und seitdem brüllt er so laut?« fragte Matilda.

»Ja.« Die Mutter seufzte. »Diese kleinen Wutanfälle bekommt er neuerdings vier- bis achtmal am Tag.«

»Lieber Himmel«, sagte Matilda. »Sie Arme.«

Die Mutter lachte. »Das ist ganz normal in dem Alter. Und ich finde, er sieht süß aus, wenn er so schreit.«

Matilda schaute sich das runde, rotgebrüllte Gesicht unter der Erdbeermütze genauer an. »Finden Sie?«

»Ja«, sagte die Mutter und streichelte dem wild kreischenden Baby über das Köpfchen. »Er ist überhaupt ein ganz Süßer. Vor allem, seit er durchschläft. Bis vor zwei Wochen hat er mich jede Nacht wachgehalten, und das seit seiner Geburt. Zwölf Monate lang keine Nacht mehr als vier Stunden Schlaf, das schlaucht vielleicht, sage ich Ihnen. Ich konnte vor Müdigkeit manchmal kaum die Augen offenhalten. Aber diese Zeiten scheinen jetzt, Gott sei Dank, vorbeizusein.«

»Zwölf Monate«, wiederholte Matilda und sah sich

nach Franziska um, damit sie bloß nichts verpaßte. Aber die stand so weit wie möglich vom Kinderwagen entfernt und starrte auf den Boden.

»Außer wenn der nächste Schub Zähnchen kommt«, fuhr die Mutter fort. »Damit hat Marius immer Probleme.«

»Na dann«, sagte Matilda, stellte sich zurück zu Franziska und stieß sie in die Rippen. »Hast du das gehört?«

Klein-Marius brüllte immer noch aus voller Kehle. »Ist ja wohl nicht zu überhören«, murmelte Franziska. Sie schaute weiter angestrengt zu Boden.

»Stell dir vor«, sagte Matilda. »Die Mutter von der Killererdbeere da hat über ein Jahr lang keine einzige Nacht durchgeschlafen Also, ich würde da wahnsinnig werden.«

Franziska sagte nichts.

»Stell dir das doch mal vor: Zwölf Monate lang keine Nacht durchschlafen!« wiederholte Matilda penetrant.

»Es ist bestimmt nur falscher Alarm«, flüsterte Franziska. »Bitte, bitte, laß es nur falscher Alarm sein.«

4

Wie Matilda vorausgesehen hatte, war Caroline nicht allein. In der Küche standen Benedikt und Ollie vor dem Herd und kochten etwas Wohlriechendes. Bolle, die Handpuppe, wendete Gemüse mit einem hölzernen Kochlöffel.

»Wir haben einen Wok gekauft und den ganzen Nachmittag Möhren und Paprika in exakte Stifte geschnitten«, erklärte Ollie. »Ihr braucht nur noch den Tisch zu decken.«

»Ich weiß gar nicht, womit die das verdient haben«, ergänzte Bolle krächzend.

»Riecht gut«, sagte Matilda. »Was sind das für kleine Dinger, die aussehen wie Spermien?«

»Kichererbsensprossen«, erklärte Benedikt. »Sehr gesund. Was haben die Leute heute zu deinen Klamotten gesagt?«

»Oh, das war ganz verschieden. Mein Prof hat gesagt, es sei gut, daß ich nicht so schrill singen würde, wie ich aussehe. Auf dem Weg zu Ninos habe ich eine Telefonnummer und zwei Verabredungen fürs Wochenende erhalten, und eine echt schicke Frau mit Kostüm, die mit mir am Kiosk stand, wollte wissen, wo man die Fummel kaufen kann.«

»Sehr gut«, freute sich Benedikt.

»Ach ja, da war noch der Alte am Ebertplatz, der gesagt hat, ich sei der Verdammnis geweiht und käme in die finsterste Hölle«, erinnerte sich Matilda.

»Wunderbar«, krächzte Bolle. »Das ist genau, was Benedikt beabsichtigt hatte.«

»Warte, bis du mein neues Projekt siehst«, sagte Benedikt lächelnd. »Ich arbeite an einem Abendkleid aus Mülltüten! Du wirst hinreißend darin aussehen.«

»Nach Hölle und Verdammnis«, ergänzte Bolle.

»Du solltest vielleicht an einem anderen Projekt arbeiten. Für schwangere Engel«, meinte Matilda.

Franziska sah sie wütend an.

»Wer ist schwanger?« wollte Ollie wissen.

»Niemand«, erwiderte Franziska heftig.

»Nur vielleicht«, rief Matilda. »Franziska hat ja nur *ein*mal vergessen, die Pille zu nehmen.«

»Ach du Scheiße«, sagte Ollie.

»Ach du Scheiße«, echote Bolle.

»Sie wartet doch erst zwei Tage auf ihre Menstruation«, warf Caroline sanft ein. »Sicher ist das nur eine ganz normale Verzögerung. Ich habe meine Tage auch immer ganz unregelmäßig und bin deshalb noch lange nicht schwanger.«

»Natürlich nicht«, sagte Matilda. »Das war in der Geschichte der Menschheit auch nur einmal möglich, und du heißt nicht Maria.«

Franziska ließ sich rückwärts auf einen Stuhl plumpsen. »Ich halte das nicht aus«, murmelte sie.

Benedikt deckte den Tisch. »Das ist doch spannend. Ich finde, es gibt Schlimmeres, als ein Baby zu bekommen.«

»Ich nicht«, sagte Franziska.

»Ich auch nicht«, stimmte Matilda zu und dachte mit Grausen an das schreiende Baby in der U-Bahn.

»Und ich schon gar nicht«, krächzte Bolle.

»Cornelius wird sich sicher freuen.« Ollie nahm den Wok von der Herdplatte. »Er ist genau der Typ, der das ganze Wochenende damit verbringt, seinem Sohn das Schwimmen beizubringen.«

»Ha, und damit wären wir bei Problem Nummer zwei«, sagte Matilda und verstummte wieder.

»Möchtest du nicht, daß dein Sohn schwimmen lernt?« fragte Ollie Franziska.

»Ich fürchte, sie möchte lieber ein Mädchen«, meinte Bolle bekümmert, aber da sagte Benedikt streng: »Mädchen können sehr süß sein.«

»Ich will überhaupt kein Kind«, rief Franziska. Sie hatte Tränen in den Augen. »Alles, was ich will, ist, die letzten sechs Wochen rückgängig machen.«

Caroline streichelte ihr übers Haar. »Das ist wirklich kompliziert.«

»Was ist daran kompliziert?« fragte Bolle frech. »Franziska hat vergessen, die Pille zu nehmen, aber trotzdem mit Cornelius gebumst – und jetzt kriegen die beiden ein Baby.«

»Wenn das so einfach wäre«, murmelte Matilda.

»Na ja«, sagte Ollie. »Ich bin vielleicht nicht gerade ein Fachmann auf diesem Gebiet, aber wir hatten einen guten Biologielehrer. Ich weiß zumindest theoretisch, wie das funktioniert, mit der Eizelle und den Spermien. Guten Appetit!«

Benedikt schaufelte etwas Chinagemüse auf Franziskas Teller. »Iß wenigstens«, forderte er sie auf. »Ich denke, ein Problem wie deins haben täglich vier Millionen Frauen auf der ganzen Welt.«

»Das glaube ich nicht«, widersprach Matilda. »Ich kann mich täuschen, aber die Wahrscheinlichkeit, daß eine Frau zu Beginn ihres Studiums unverheiratet schwanger wird, weil sie vergißt, die Pille zu nehmen, wenn sie ihren Freund mit einem anderen betrügt, kann unmöglich so hoch sein.«

»Was für einem anderen?« fragten Ollie und Benedikt gleichzeitig.

»Das wüßte ich auch gern«, beteuerte Matilda.

Franziska stöhnte. »Nur neugierig seid ihr, sonst gar nichts.«

»Das stimmt nicht«, verteidigte sich Matilda. »Man kann gleichzeitig neugierig *und* mitleidig sein. Ich finde, du solltest uns die Geschichte erzählen.«

»Ja«, sagte auch Caroline. »Heute ist Freitag, und Cornelius ist den ganzen Abend beim Wasserballtraining und kann nicht hier auftauchen.«

»Im wahrsten Sinne des Wortes«, murmelte Bolle. »Hahaha.«

»Wenn wir schwören, daß wir kein Sterbenswörtchen verraten, kannst du uns doch alles erzählen«, sagte Ollie väterlich. »Wir sind deine Freunde, Franzilein.«

Franziska seufzte schwer. »Und wenn ich morgen meine Tage kriege, ärgere ich mir ein Loch in den Bauch, daß ich euch überhaupt davon erzählt habe.«

»Das ist dein Risiko«, sagte Matilda. »Aber selbst wenn du nichts sagst und morgen tatsächlich deine Tage bekommst, werde ich nicht eher ruhen, bis ich weiß, welcher Mann dich dazu hat hinreißen können, deine moralischen Prinzipien über den Haufen zu werfen. Ich werde Tag und Nacht betteln und quengeln. Ich werde wie ein schlimmer, schlimmer Alptraum sein.«

»Das bist du jetzt schon«, erklärte Franziska und lächelte ein bißchen. »Also gut, wenn ihr schwört, zu niemandem davon ein Wort zu sagen, erzähle ich euch die ganze Geschichte.«

»Ich schwöre«, sagte Benedikt.

»Ich auch«, sagte Ollie.

»Ich sowieso«, sagte Caroline.

»Und ich bin verschwiegen wie ein Grab«, beteuerte Matilda. »Das war ich immer schon.«

»Also gut«, sagte Franziska.

5

»Der Typ heißt Jan. Wir haben uns in dem Fitness-Studio kennengelernt, in dem ich Jazz-Dance unterrichte.«

»Ein Bodybuilding-Lehrer?« rief Ollie entsetzt, und Caroline sagte: »Ich dachte, das sei ein Lady-Fitness-Studio.«

»Nebenan ist das Studio für Männer«, sagte Franziska ungeduldig. »Und Jan ist kein Lehrer, sondern nur Mitglied.«

»Bodybuilding ist doch völlig out«, meckerte Matilda. »Ich dachte nie, daß ich mal so was sage, aber dagegen sind Wasserball und Cornelius ja wohl wahnsinnig originell.«

Franziska seufzte. »Wenn ich euch die Geschichte erzählen soll, dann hört auf, mich zu unterbrechen mit euren dämlichen Kommentaren. Jan ist kein Bodybuilder, er geht einfach nur von Zeit zu Zeit ins Fitness-Studio, wie tausend andere auch. Im übrigen hat er einen Wahnsinnsbody. Wir haben uns ein paarmal gegrüßt und angelächelt, wie man das eben so macht, wenn man sich öfter sieht. Ich muß sagen, daß er mir gleich gut gefallen hat. Allein vom Aussehen. Er ist blond und hat wahnsinnig blaue Augen und dazu so eine glatte bräunliche Haut, schneeweiße Zähne und ein ganz, ganz süßes Lächeln.«

»Das klingt wie ein Steckbrief von dem Zwerg, der auf der Brandt-Zwiebacktüte abgebildet ist«, murmelte Bolle. »Ich hab' mich immer gefragt, wie der mal aussieht, wenn er erwachsen ist.«

»Er kleidet sich wahnsinnig gut«, sagte Franziska

schwärmerisch. »Ich meine, es ist mir eigentlich nicht wichtig, aber wenn ein Mann mal was anderes trägt als Jeans und Sweatshirt, das ist schon irgendwie toll.«

»Cornelius trägt Anzug und Krawatte, wenn er arbeitet«, wandte Caroline ein. Sie hatte das Gefühl, den armen, betrogenen Kerl verteidigen zu müssen.

»Aber nicht von Armani, und nicht mit dieser lässigen Selbstverständlichkeit, wie Jan das tut«, sagte Franziska. »Und Cornelius fährt auch keinen Jaguar.«

»Jaguar! Wieso kenne *ich* den nicht?« fragte Matilda ärgerlich. »Lieber Gott! Wie ist sein Nachname?«

»Nee«, sagte Ollie angewidert. »Jaguar und Armani-Anzüge – wahrscheinlich ist der Typ ein ganz mieser Zuhälter. Ich verbiete dir, ihn jemals wieder zu treffen.«

»Quatsch, Zuhälter. Der ist Junior-Dings bei einer Werbeagentur und verdient hundertfünfzigtausend im Jahr«, entgegnete Franziska. »Aber das Geld ist überhaupt nicht wichtig, das sagt Jan auch.«

»Was für ein Angeber«, sagte Ollie angewidert.

»Und Lügner«, ergänzte Matilda. »Als ob Geld nicht wichtig wäre.«

»Was ist denn ein Junior-Dings?« wollte Benedikt wissen.

»Wenn ihr mich noch einmal unterbrecht, sage ich gar nichts mehr«, erklärte Franziska beleidigt.

»Weiter«, sagte Caroline. »Ihr habt euch also immer angelächelt – und dann?«

»Eines Tages hat er mich angesprochen«, erzählte Franziska. »Er hat mich gefragt, ob ich mal mit ihm essen gehen wollte.«

»Wie originell«, murmelte Ollie.

»Und ich habe natürlich ja gesagt«, fuhr Franziska unbeirrt fort. »Ich meine, Cornelius und ich, wir haben schließlich keinen Vertrag unterschrieben, in dem festgelegt ist, daß wir nicht mit anderen essen gehen dürfen. Und außerdem muß er in letzter Zeit immer so wahnsinnig viel arbeiten.«

In Erwartung eines Kommentars machte sie eine Pause, aber keiner ihrer vier Zuhörer sagte ein Wort.

»Jedenfalls war es sehr schön mit Jan«, sagte Franziska. »Wir waren bei Chez Margaux, so einem Nobelfranzosen unten am Rhein. Wahnsinn, was da allein die Weine kosten. Wir haben geredet und uns super verstanden, ja, und dann hat er mich wieder nach Hause gebracht.«

»Was, sonst nichts?« platzte Matilda heraus. »Dann verstehe ich nicht, warum du so ein Geheimnis daraus gemacht hast. Ich meine, ich wußte nicht mal, daß du mit wem auch immer essen warst. Wann war das denn? Und was hattest du an? Ich kenne dieses Chez Margaux. Da lassen die nicht jeden rein.«

»Ich hatte mein schwarzes Kleid an«, antwortete Franziska. »Und keine Laufmasche in den Strümpfen. Sie haben mich reingelassen. Und erzählt habe ich euch nichts, weil es mir Spaß gemacht hat, etwas ganz für mich allein zu haben, etwas, von dem niemand weiß. Auch ihr nicht. Das war vor zwei Monaten.«

»Du hattest nur Angst, daß wir dir davon abraten«, mutmaßte Caroline. »Oder dir Vorwürfe machen.«

»Aber das ist ja Quatsch«, meinte Matilda. »Ich hätte dir sofort geraten, Cornelius gegen den Typ mit Jaguar einzutauschen, was für eine Frage! Aber wenn du ihn nicht willst, dann kannst du mir seine Telefonnummer geben.«

»Ich will ihn ja«, sagte Franziska. »Ich bin echt hin- und hergerissen. Weißt du, mit Jan ist alles ganz anders. Ich fühlte mich bei ihm immer so erwachsen, so richtig weiblich. Cornelius ist mehr der Gute-Kumpel-Typ, aber Jan – der sagt mir so tolle Sachen, ist so romantisch, hat Stil und Geschmack, das ist einfach anders.«

Sie seufzte. »Eine Woche nachdem wir essen waren, hat er mir im Fitness-Studio einen riesigen Rosenstrauß überreicht. Siebzig Baccararosen, vor all meinen Jazz-Dance-Schülerinnen, das war der helle Wahnsinn.«

Bolle gab ein würgendes Geräusch von sich.

»Hundertsechzig Mark hat er dafür hingeblättert, mindestens«, sagte Matilda. »Armani, Chez Margaux und Jaguar – als Junior-was-auch-immer bei einer Werbeagentur verdient man aber nicht so viel. Im Leben nicht. Sicher hat er stinkend reiche Eltern.«

»Ich sag' doch, der Typ ist ein ganz mieser Zuhälter«, meinte Ollie.

»Was hast du mit dem Strauß gemacht?« fragte Caroline. »Im Fitness-Studio vergammeln lassen, nur damit wir ihn nicht zu Gesicht bekommen?«

»Nein, ich habe ihn im Hotel vergessen, später«, erklärte Franziska.

»Aha«, machte Matilda. »Jetzt nähern wir uns langsam dem Teil der Geschichte, wo er dich geschwängert hat.«

»So einfach ist das bei euch Frauen«, sagte Benedikt staunend. »Siebzig Rosen – und schon darf man euch schwängern. Im nächstbesten Hotel.«

»So war das gar nicht. Ich wollte einfach bloß mit ihm reden«, widersprach Franziska. »Ich habe ihm erklärt, daß ich Cornelius liebe und daß wir zusammengehören. Aber als wir uns so gegenüberstanden und er mir in die Augen sah, da fand ich das plötzlich so unsinnig, alle diese Vorschriften von Treue und Monogamie. Ihr könnt das nicht verstehen, weil ihr so etwas noch nicht erlebt habt. Das war einfach ein magischer Moment. Wir haben uns an der Hand gefaßt, sind in sein Auto gestiegen und weggefahren. Wir haben gar nicht miteinander gesprochen, das hat sich so ergeben. Im Maritim haben wir ein Zimmer genommen, mitten am Nachmittag. Die Sonne schien aufs Bett, und man konnte auf den Rhein schauen. Ja, und da ist es eben passiert.«

Caroline, Matilda, Ollie und Benedikt schwiegen erwartungsvoll.

»Einzelheiten werde ich euch wohl kaum erzählen, wenn ihr darauf wartet«, sagte Franziska. »Wenigstens das möchte ich für mich behalten.«

»Wahnsinn«, gab sich Matilda beeindruckt. »Das hätte ich dir wirklich nicht zugetraut. Im Hotelzimmer am hellichten Nachmittag, und das Ganze ohne Worte. Hast du nicht *ein*mal währenddessen an Cornelius gedacht?«

»Genau«, sagte Caroline heftig.

»Doch«, gab Franziska zu. »Aber es war mir völlig gleichgültig. Das eine hatte irgendwie nichts mit dem anderen zu tun. Jedenfalls nicht in diesem Augenblick. Erst viel später, als ich wieder zu Hause war. Ich habe Jan gesagt, es wäre besser, wenn wir uns nicht mehr treffen würden, und das war auch meine feste Absicht. Aber als er am nächsten Donnerstag wieder im Fitness-Studio auftauchte, war es schon selbstverständlich, was wir taten.«

»Was denn?« fragte Caroline verwirrt.

»Das gleiche wie in der Woche davor«, antwortete Franziska. »Und es war wieder einfach – puh.«

»Puh«, wiederholte Bolle.

»Und wieder im Maritim?« fragte Matilda. »Der Typ scheint wirklich Kohle ohne Ende zu haben.«

»Das hat er auch. Seinem Vater gehört die Werbeagentur. Und noch ein paar andere«, erläuterte Franziska.

»Aha«, machte Ollie. »Ein *Sohn*.«

»Was sagt der denn dazu, daß er nicht dein einziger Lover ist?« fragte Benedikt.

»Er hat Verständnis für meine Situation. Er sagt, er möchte mich nicht zu einer Entscheidung drängen. Daß ich selber wissen müßte, was ich wollte«, sagte Franziska. »Er hat überhaupt für alles Verständnis.«

»Wie geht es weiter?« wollte Caroline wissen.

»Seitdem treffen wir uns jeden Donnerstag«, fuhr Franziska fort. »Es ist jedesmal toll. Wir verstehen uns so wunderbar, und die ganze Sache ist so herrlich spannend, daß ich, wenn ich ganz ehrlich bin, nicht daran gedacht habe, es aufzugeben. Ich meine, Cornelius sollte nie etwas davon erfahren, und ihr auch nicht. Aber jetzt, wenn ich wirklich schwanger bin – ich weiß nicht, was ich tun soll.«

»Ich auch nicht«, sagte Caroline empört. »Ich finde, da hast du dir ganz schön was eingebrockt. Und der arme Cornelius, der hat wirklich nicht verdient, daß du ihn so hintergehst. Weißt du noch, wie du dich damals aufgeregt hast, als Matilda ihn mit Felix betrogen hat?«

»Ja«, sagte Franziska. »Es tut mir auch leid. Ich weiß nicht mehr, was ich will. Einerseits liebe ich Cornelius wirklich, das könnt ihr mir glauben. Irgendwie sind wir beide uns sehr ähnlich. Wir kommen prima miteinander aus deswegen. Cornelius kennt mich in- und auswendig, und ich kenne ihn genausogut. Aber für Jan bin ich eine ganz andere Frau. Nicht die vernünftige, handfeste Franziska, sondern eine geheimnisvolle, sinnliche Person – das ist so aufregend für mich. Und ich fürchte, ich habe mich in ihn verliebt.«

»Ich finde das schäbig«, sagte Caroline. »So heimlich im Hotel, nur um *so was* zu tun.«

»Im Maritim ist nichts schäbig«, widersprach Matilda. »Und *so was* ist auch nicht schäbig, was du vielleicht im Laufe deines Lebens noch herausfinden wirst. Ach, warum lerne ich nur keine Typen dieses Formats kennen? Die Kerle, mit denen ich mich treffe, haben alle eine eigene Bude.«

»Apropos Wohnung«, sagte Benedikt. »Warum Franziska den nicht mit nach Hause bringt, verstehen wir jetzt, aber warum zeigt er ihr nicht mal seine Wohnung? Sicher ist es ein Penthouse mit Rheinblick und Whirlpool und kann sich sehen lassen.«

»Wahrscheinlich ist er verheiratet und hat drei Kinder«, mutmaßte Ollie. »Oder er ist wirklich ein Zuhälter und möchte, daß Franziska für ihn auf den Strich geht.«

»Oder er wohnt noch zu Hause«, fügte Caroline hinzu.

»Das ist alles Quatsch«, erwiderte Franziska ärgerlich. »Aber ihr kennt ihn eben nicht. Verheiratet und Kinder, so ein Blödsinn. Er ist gerade mal vierundzwanzig. Und er liebt mich wirklich. Er hat mir ein Armband geschenkt nach dem zweiten Mal, ein altes Familienstück. Ich schätze, es ist wertvoll.«

»Zeig«, verlangte Caroline. »Oder hast du das im Fitness-Studio im Spind eingeschlossen, nur damit wir es nicht sehen und keine dumme Fragen stellen können?«

»Nein«, antwortete Franziska und stand auf. »Es liegt in meinem Sekretär. Ich hole es.«

»Ich finde, das klingt alles grauenhaft«, sagte Ollie, als

sie gegangen war. »Sie ist doch völlig Banane, sich von so einem Zuhältertyp mit Geld und Auto imponieren zu lassen. Das geht im Leben nicht gut.«

»Zumal nicht, wenn sie wirklich schwanger ist«, fügte Benedikt hinzu.

Franziska kam zurück in die Küche. »Hier ist es«, sagte sie und hielt ihnen ein funkelndes Armband hin.

Die vier nahmen es der Reihe nach in die Hand und betrachteten es ausgiebig.

»Wenn die Steine so echt sind wie das Gold«, sagte Ollie schließlich, »dann ist es eine Menge Geld wert.«

»*Wieviel?*« fragte Matilda aufgeregt.

»Zehntausend oder mehr«, schätzte Ollie. »Guck dir doch diese riesigen Steine an.«

»Oh!« hauchte Matilda. »*Oh!*«

»Es ist ein altes Familienstück«, wiederholte Franziska.

»Toll«, meinte Caroline verächtlich. »Sicher ist es Tradition in der Familie von Jaguar-Jan, daß die Mätresse des Sohnes ein Armband geschenkt bekommt. Immer nach dem zweiten Mal. Was bildet der sich eigentlich ein? Ist er vielleicht Prinz Charles?«

Franziska nahm Ollie das Armband aus der Hand und setzte sich wieder. »Wenn ich nicht solche Angst hätte, schwanger zu sein, hätte ich euch kein Wort von alledem erzählt. Ihr seid noch viel schlimmer, als ich gedacht hatte, daß ihr wärt.«

»Wenn du früher mit mir darüber gesprochen hättest, wäre das alles überhaupt nicht passiert«, sagte Caroline heftig. »Ich finde das überhaupt nicht spannend oder aufregend oder sonst irgendwie schön. Ich finde es nur schäbig.«

»Das hast du schon mal gesagt«, meinte Matilda. »Klar,

weil dir so was nicht passieren könnte. Aber normalen Menschen passiert so was eben schneller, als einem lieb ist.«

»Wenn Franziska überhaupt schwanger ist«, warf Benedikt ein. »Warum verschaffst du dir nicht erst mal Gewißheit darüber?«

»Wenn du morgen deine Tage kriegst, ärgerst du dich grün und blau, daß du uns diese Geschichte überhaupt erzählt hast, ich weiß«, sagte Matilda grinsend. »Aber weitermachen wie vorher kannst du dann auf jeden Fall nicht mehr. Du hast gleich vier Klötze am Bein. Klotz Ollie glaubt, der Typ sei ein Zuhälter und wird ihm am Jaguar auflauern, Caroline Klotz wird ihn und dich mit moralischen Vorträgen verfolgen, Klotz Nummer drei möchte unbedingt seine Wohnung sehen und ich – ich will ihn dir einfach nur ausspannen.«

»Ja«, sagte Franziska. »Ich bin ein Idiot.«

»Und wie geht es jetzt weiter?« fragte Caroline.

Franziska zuckte mit den Achseln. »Ich weiß nicht«, sagte sie. »Morgen wollen wir zusammen essen gehen, Jan und ich.«

»Wieder ins Chez Margaux?« wollte Matilda wissen. »Wenn ja, bring mir bitte eine von den Marmorpfeffermühlen mit. Die haben so was auf jedem Tisch stehen. Es wird gar nicht auffallen.«

»Ich weiß noch nicht, wohin wir gehen. Es soll eine Überraschung sein, hat Jan gesagt. Und was ich Cornelius vorlügen soll, warum ich schon wieder keine Zeit habe, weiß ich auch noch nicht.«

»Wie gemein!« fand Caroline.

6

Genau in diesem Augenblick klingelte das Telefon. Alle zuckten zusammen.

»Hach, ist das spannend«, sagte Ollie. »Aber für mich kann es nicht sein. Ich wohne ja nicht hier.«

Das Telefon klingelte ungefähr fünfmal, bis Caroline schließlich aufstand und den Hörer abhob. »Ja, hallo? Oh, Cornelius.« Sie hielt Franziska den Hörer hin. »Für dich.«

Franziska lächelte unbehaglich in die Runde. »Hi, Corni«, sagte sie und stand auf. »Warte, ich nehme das Telefon mit in mein Zimmer, hier hören alle zu. Ollie und Benedikt sind hier und haben für uns gekocht. Wie war es denn beim Training?« Sie zog die Küchentür hinter sich zu.

»So was Scheinheiliges«, meinte Caroline. »Ich finde das alles fürchterlich.«

»Mensch, Caro, das ist einfach Leben«, widersprach Matilda. »Wenn man sich mit Männern abgibt, dann passiert so was eben. Aber da kannst du ja nicht mitreden.«

»Du bist gemein«, sagte Benedikt. »Ich finde, Caroline hat recht. Das ist schon alles ziemlich unfair von Franziska und diesem Typ. Aber Franziska hat natürlich ein *echtes* Problem, wenn sie schwanger ist.«

»Wenn«, sagte Caroline.

»Und jetzt steht sie nebenan und lügt ihrem Cornelius wer weiß was vor, damit sie sich morgen mit dem Vater ihres Fötus treffen kann«, sagte Ollie. »Das ist fast wie im Film. Diese Heteros machen immer alles so kompliziert.«

»Woher willst du wissen, daß Jan der Vater ist, und nicht Cornelius?« fragte Matilda. »Sie hat ja mit beiden geschlafen, meine brave, anständige Cousine. Wer hätte das gedacht? Ich jedenfalls nicht.«

»Ich auch nicht«, sagte Caroline. »Franzi war immer mein Vorbild.«

»Warum nicht ich?« fragte Matilda gekränkt.

Franziska öffnete die Küchentür. »Da seid ihr ja noch.«

Vier Augenpaare sahen sie abwartend an.

»Ich habe Cornelius gesagt, daß wir morgen mal ganz unter uns sein wollen«, meinte sie unglücklich. »Nur wir Mädchen.«

»Lügnerin«, sagte Caroline. »Ich wollte morgen abend mit Peggy ins Kino! Was, wenn ich Cornelius irgendwo treffe?«

»Ich weiß noch nicht, ob ich mich mit Peter oder mit Claudius treffen soll«, erklärte Matilda. »Aber ich bin auf jeden Fall auch nicht da. Du hättest eine sturmfreie Bude, und der Knilch würde das Geld fürs Hotel sparen.«

»Ich komme mir so gemein vor«, gestand Franziska. »Bis vor zwei Tagen fand ich das alles nur spannend und aufregend, aber jetzt fühle ich mich wie der letzte Mensch.«

»Das würde ich an deiner Stelle auch tun«, entgegnete Caroline kühl.

»Wir gehen jetzt besser mal«, meinte Ollie. »Wenn ihr wollt, kommen wir morgen früh zum Spülen vorbei.«

»Nein, nein, das machen wir«, sagte Caroline. »Vielen Dank für das leckere Essen.«

»Gern geschehen«, sagte Benedikt. »Und vielen Dank für die spannende Geschichte, Franziska. Ich weiß nicht, ob es ein Trost für dich ist, aber wenn du wirklich schwanger bist, dann verspreche ich dir, wirst du die bestgekleidetste Schwangere in der ganzen Stadt sein.«

»Danke«, sagte Franziska deprimiert.

»Bis morgen.«

»Bis morgen«, sagte Matilda und schloß die Tür hinter den beiden. »Tja, jetzt mal unter uns Frauen: Wie soll es denn jetzt weitergehen?«

»Ich weiß es doch nicht!« Franziska fing an zu weinen. »Was soll ich denn nur tun?«

Die beiden anderen standen betreten um sie herum und wußten nicht, was sie sagen sollten.

7

»*Und?*« fragten Matilda und Caroline wie aus einem Mund, als Franziska am nächsten Tag gegen Mittag aus dem Badezimmer kam.

Franziska schüttelte den Kopf. »Nichts«, sagte sie.

Caroline und Matilda machten ernste Gesichter.

»Vielleicht bleibst du heute besser zu Hause«, schlug Caroline vor. »Wenn du dich mit dem Typen triffst, machst du alles nur noch viel komplizierter.«

»Nein«, sagte Franziska heftig. »Ich *muß* ihn sehen. Da gibt es einiges zu besprechen. Außerdem möchte ich wissen, woran ich bin.«

Matilda nickte verständnisvoll. »Du kannst meinen schwarzen Body haben, wenn du möchtest«, schlug sie vor.

Caroline erhob sich kopfschüttelnd. »Ich finde, sie

sollte zu Hause bleiben und einen Schwangerschaftstest machen.«

Franziska sah ihr hinterher. »Weißt du, sie ist richtig böse auf mich. Und ich habe das ungute Gefühl, daß sie damit recht hat.«

»Und wenn schon«, meinte Matilda. »In ein paar Jahren lachst du darüber. Ich wette, dann freust du dich, daß du mal so eine aufregende Zeit in deinem Leben hattest.«

»Ein bißchen weniger Aufregung wäre in diesem Fall nicht schlecht«, seufzte Franziska. »Ich habe die ganze Nacht von Babys geträumt.«

»Ich auch«, sagte Matilda. »Ist das nicht komisch?«

»Weißt du, ich wollte immer Kinder haben, irgendwann mal«, sagte Franziska leise. »Aber noch nicht jetzt, verstehst du das?«

»Natürlich«, meinte Matilda. »Aber selbst, wenn du schwanger bist, mußt du kein Baby bekommen, das weißt du doch.«

Franziska sagte nichts darauf.

»Gibst du mir wirklich den schwarzen Body?« fragte sie.

Matilda nickte.

»Fein«, sagte Franziska. »Ich will heute abend nämlich umwerfend aussehen.«

»Das wird schwierig«, grinste Matilda. »Aber den Body kannst du trotzdem haben.«

»Auch deine Lockenwickler? Und diesen dunkelroten Lippenstift?«

»Du übertreibst vielleicht ein kleines bißchen«, sagte Matilda. »Denk daran, wie schnell das alles wieder hin ist, wenn du erst mal im Hotelzimmer bist!«

Gegen sieben verließ Franziska die Wohnung. Matilda und Caroline schauten ihr besorgt hinterher.

»Warum holt der Typ sie nicht ab?« fragte Caroline. »Ich meine, jetzt ist er doch kein Geheimnis mehr.«

Matilda zuckte mit den Achseln. »Sicher möchte Franziska nicht riskieren, daß er *mich* sieht«, meinte sie.

Caroline lachte höhnisch. »Ich gehe jetzt mit Peggy ins Kino«, erklärte sie. »Der Film heißt *Nine Month* – und rate mal, worum es geht?«

»Babys«, sagte Matilda. »Ich habe heute nacht auch davon geträumt. Ein Alptraum.«

»Und was machst du?«

»Ich gehe mit Peter in so einen Undergroundschuppen«, erklärte Matilda.

»Ist Peter der Cellist aus deinem Harmonielehreseminar?«

»Nein, das ist Claudius. Peter habe ich beim Griechen um die Ecke kennengelernt.«

»Ach, richtig. Und was ist dann aus dem Typ geworden, mit dem du letzte Woche in der Oper warst?«

»Meinst du René?« fragte Matilda. »Der ist übers Wochenende in Belgien. Aber für Dienstag hat er mich zum Essen eingeladen.«

»Peter vom Griechen um die Ecke, Claudius aus dem Harmonielehrekurs und René, der Opernfan. Gibt es sonst noch jemanden?«

»Natürlich«, sagte Matilda. »Aber diese drei genügen mir fürs erste. Ich meine, man möchte schließlich auch noch ein bißchen Zeit für sich haben.«

»Ja«, seufzte Caroline. »Habe ich dir eigentlich von dem süßen Kommilitonen erzählt, der neulich mit mir in der Mensa essen war? Mit mir und Peggy, um genau zu sein.«

»Nein«, antwortete Matilda. »Aber ich wette, da gibt es auch nichts zu erzählen.«

»Ziege«, sagte Caroline.

8

»Wo fahren wir hin?« fragte Franziska.

»Das ist eine Überraschung«, erklärte Jan und nahm kurz die rechte Hand vom Steuer, um ihre Wange zu streicheln.

Franziska lehnte sich zufrieden in den ledernen Jaguarsitz zurück. Das würde ein wunderbarer Abend werden, wenn es ihr nur für ein paar Stunden gelingen würde, den Gedanken an ihren Bauch beiseite zu schieben.

»Du siehst so wahnsinnig hübsch aus heute«, sagte Jan. Franziska sah ihn von der Seite an.

»Du auch«, sagte sie und meinte es ehrlich.

Seine blonden Haare, das schöne Profil – der Mann war ein lebender Traum.

Er parkte den Wagen in der Südstadt, direkt am Volksgarten.

Franziska seufzte. Jan fand immer genau dort einen Parkplatz, wo er ihn brauchte. *Immer*. Mit Cornelius war das ganz anders. Der konnte gut und gern acht-, neunmal fluchend um den Block fahren, bis er schließlich eine Parklücke im absoluten Halteverbot fand.

Jan holte zwei große Körbe mit Deckel aus dem Kofferraum. »Komm«, sagte er.

Franziska folgte ihm in den Park. So ein lauer, wunderschöner Sommerabend wie heute schien alle Bewohner dieser Stadt in die Grünanlagen gelockt zu haben. Überall auf den Wiesen saßen und standen Menschen und Menschengruppen herum. Sie lasen, erzählten oder lauschten einem gitarrespielenden Studenten, andere spielten Federball, jonglierten mit Keulen und bunten Tüchern. Eine türkische Großfamilie feierte ein Fest um zwei mitgebrachte Holzkohlegrille, von denen ein köstlicher Geruch aufstieg. Franziska fand das alles wunderbar.

Das Leben könnte so schön sein, dachte sie. Wenn da nicht dieses eine Problem wäre …

»Hier«, bestimmte Jan schließlich und setzte die Körbe unter einer riesigen Buche ab.

Franziska sah sich um.

»Ein Picknick im Park«, sagte sie begeistert. »Wie romantisch!«

»Ja«, stimmte Jan zu und holte eine große, grün-blaukarierte Decke aus dem einen Korb. »Und heute ist Vollmond.«

»Ich weiß«, sagte Franziska.

An Vollmond hatte sie sonst immer ihre Tage. Seit sieben Jahren, pünktlich jeden Monat. Nur dieses Mal nicht. Nicht daran denken! Bloß nicht, sonst war der ganze Abend hin. Franziska zwang sich zu einem Lächeln.

Jan machte eine einladende Geste zu der Decke hinab. Franziska setzte sich. Die Decke fühlte sich wunderbar weich an ihren nackten Beinen an. Während Jan sich wieder den Körben zuwandte, sah sie unauffällig nach dem angenähten Etikett an der Decke.

Hundert Prozent Kashmir. Na, also.

Sie seufzte zufrieden. Bei Jan war selbst die Picknickdecke edel. Und was er noch alles auspackte! Da waren zwei Kissen, eine blaue Tischdecke mit dazu passenden Stoffservietten, dickes blaues Porzellan mit gelben Blüten, edle Sektgläser, zwei gläserne Windlichter mit blauem Porzellanfuß, eine Flasche Champagner in einem Sektkühler voller Eiswürfel, gegrillte Riesengarnelen, Weintrauben, verschiedene Edelkäsesorten, frisches Baguette, Erdbeeren, belgische Pralinen, ein Buch mit Liebesgedichten, wie süß – es war, als hätten die Körbe keinen Boden.

Ein leichter Wind brachte die Blätter über ihren Köpfen zum Rascheln und trug sanfte Gitarrenmusik vom Weiher hinüber. Die untergehende Sonne hüllte sie beide in weiches goldenes Licht.

Es war einfach *perfekt*.

Franziska lehnte ihren Kopf an Jans Schulter.

»Du bist so – toll«, sagte sie. »Das ist die schönste Überraschung, die mir jemals jemand gemacht hat, ehrlich.«

Die Sonne ging langsam unter, und Jan legte den Arm um ihre Schulter.

»Bist du glücklich?« fragte er,

»Sehr«, sagte Franziska. Wenn da nicht ... – Schluß damit.

Jan öffnete die Champagnerflasche und reichte Franziska eines der langstieligen Sektgläser.

»Auf uns«, sagte er.

»Auf uns«, antwortete Franziska.

»Das ist ein sehr guter Jahrgang«, meinte Jan und schnalzte fachmännisch mit der Zunge. »Dazu passen die Garnelen und die Erdbeeren. Was möchtest du zuerst?«

»Küß mich«, sagte Franziska und schloß die Augen.

9

Montagmorgens beim Aufwachen verspürte sie jenes schmerzhafte Ziehen im Bauch, das gewöhnlicherweise die allmonatlichen Bauchschmerzen ankündigte. Zum allerersten Mal in ihrem Leben freute sie sich darüber.

»Gut«, murmelte sie hoffnungsvoll und setzte sich auf. »Mehr! Mehr davon!«

Caroline steckte den Kopf durch die Tür. »*Und*?«

»Psst«, zischte Franziska. »Ich konzentriere mich. Gerade hatte ich Bauchschmerzen.«

»Wunderbar«, freute sich auch Caroline und setzte sich abwartend auf Franziskas Bettkante.

Eine Weile schwiegen sie gespannt.

»Jetzt sind sie wieder weg, die blöden Bauchschmerzen«, klagte Franziska schließlich. »Oh, warum nur? Ich werde so lange im Bett liegen bleiben, bis sie wiederkommen.«

»Mußt du heute nicht zur Spoho?«

»Die Spoho ist mir scheißegal. Ich will endlich meine Bauchschmerzen bekommen!«

Caroline runzelte besorgt die Stirn.

»Also, da muß sich doch was machen lassen«, meinte sie. »Da gibt es sicher jede Menge Tricks. Ich werde auch hier bleiben und dir helfen.«

»Danke«, murmelte Franziska. »Du kannst mir helfen, ein Testament aufzusetzen.«

Die Tür zu Matildas Zimmer klapperte, und man hörte Matildas nackte Füße durch den Flur tapsen.

»*Und*?« rief sie, als sie an Franziskas Zimmertür vorbeikam. Franziska legte sich stöhnend in die Kissen zurück.

»*Und?*« äffte sie Matilda nach. »Ich kann das nicht mehr hören, dieses *und?*«

Matilda kam in Unterwäsche ins Zimmer geschlendert. Die Unterwäsche war dunkelgrün und mit roten Rosen bedruckt.

»Scheußlich«, sagte Caroline.

»Und?« wiederholte Matilda ungerührt. »Was ist jetzt?«

»*Nichts!*« schrie Franziska. »Nichts, nichts, nichts!«

Matilda wuschelte sich durchs Haar.

»Okay«, sagte sie. »Da müssen wir eben was dagegen unternehmen.«

»Da kann man nichts gegen unternehmen«, murmelte Franziska verzweifelt. »Oder wolltest du mit Stricknadeln in mir herumstochern?«

»Igitt«, wehrte Matilda ab. »So was würde ich niemals tun. Es gibt einhundert legale Methoden, seine Menstruation herbeizuführen.«

Caroline nickte dazu. Franziska setzte sich wieder auf.

»Sagt mir *eine*«, forderte sie die beiden auf.

Caroline und Matilda sahen einander an.

»Na ja«, meinte Matilda und begann auf dem Fußboden ihre morgendlichen Sit-ups. »Man kennt das doch. Du hast dieses affenscharfe schneeweiße Kleid an, was sich wie eine zweite Haut um deinen Hintern schmiegt. Du gehst damit durch die Stadt, an einem schönen Sommertag wie heute, ein kleines, aber sehr schickes Handtäschchen schwenkend, in das du ausnahmsweise mal keinen Tampon gesteckt hast. Die Blicke aller Männer sind auf dich gerichtet, du fühlst dich wunderbar. Mit dem schönsten aller Männer gehst du schließlich einen Kaffee trinken oder von mir aus auch ein Milchshake, Erdbeer und Schokolade. Und dann – plötzlich – spürst du es. Ausgerechnet jetzt. Dieses Ziehen im Bauch und etwas Klebriges im Slip. O Gott, denkst du noch. Nicht heute, und nicht in diesem Kleid! Aber es ist zu spät. Du weißt es nicht hundertprozentig, aber du kannst darauf wetten: Das hautenge, schneeweiße Kleid hat einen Blutfleck, den nur ganz wenige Menschen für Schokoladeneis halten werden, wenn sie ihn sehen. Daß sie ihn sehen, steht außer Frage, denn jeder, wirklich jeder guckt heute auf deinen Hintern. Was kannst du tun? Reglos sitzen bleiben, bis das Lokal schließt und dabei riskieren, daß sich eine Blutlache auf deinem Stuhl bildet? Oder das schicke Handtäschchen vor deinen Hintern halten und aufs höchste blamiert nach Hause eilen.«

Matilda holte tief Luft.

»Genauso ist es«, rief Caroline begeistert aus.

»Ha«, sagte Matilda. »Das wage ich zu bezweifeln. Du ziehst niemals hautenge Kleider an. Obwohl du es dir theoretisch leisten könntest.«

»Was soll das?« fragte Franziska mürrisch. »So was ist mir noch nie passiert.«

»Aber es funktioniert todsicher«, beteuerte Matilda. »Ich leihe dir mein schärfstes weißes Kleid, und du läufst damit an Orten herum, an denen du dich auf keinen Fall blamieren willst.«

»Mit deiner besten Unterwäsche«, fügte Caroline hinzu. »Das ist dann doppelt sicher. Immer wenn ich meinen allerbesten Spitzenbody anhabe, bekomme ich garantiert meine Tage – das ist ein Naturgesetz!«

Franziska stöhnte. »Ich kann mir nicht helfen«, sagte sie. »Aber ich finde das alles albern.«

»Das ist nicht albern«, widersprach Caroline. »Das ist angewandte Psychologie.«

»Also los! Unter die Dusche, und dann nichts wie rein in deine allerempfindlichste, allerfeinste Lieblingsunterwäsche«, befahl Matilda.

Franziska gehorchte.

»Mußt du nicht zur Musikhochschule?« wollte Caroline von Matilda wissen, während sie die Schublade in Franziskas Sekretär durchwühlte, in der sie die Unterwäsche aufbewahrte.

»Kein Mensch muß müssen«, sagte Matilda. »Es gibt Wichtigeres zu tun. Oder möchtest du vielleicht ein plärrendes Baby hier wohnen haben?«

»Ich weiß nicht«, meinte Caroline. »Vielleicht.«

»Wääääääh, wääääääh, den ganzen Tag lang?«

»Babys schreien ja nicht nur, Babys sind – ich meine, sie müssen schon irgendwie was Besonderes sein, sonst würden nicht so viele Menschen welche bekommen. Möchtest du denn keine Kinder kriegen?«

»Vielleicht in zehn Jahren mal«, sagte Matilda. »Aber jetzt noch nicht. Erst möchte ich ein Star an der Oper werden, und das dauert leider seine Zeit. Jetzt ist einfach nicht der richtige Zeitpunkt.«

»Vermutlich ist nie der richtige Zeitpunkt für ein Baby«, meinte Caroline nachdenklich. »Ich meine, wenn Franzi jetzt schwanger ist, dann ist das eben Schicksal!«

»Man kann da auch was gegen tun«, sagte Matilda und setzte eine entschlossene Miene auf. »Ich finde nicht, daß man alles hinnehmen muß, was das Schicksal einem beschert.«

»Oder was man sich selber einbrockt«, sagte Caroline. »In diesem Fall bin ich auch geneigt, eher Franziska die Schuld an dem Schlamassel zu geben als dem Schicksal.«

Franziska kam aus der Dusche zurück. Caroline reichte ihr ein zartes Gebilde aus champagnerfarbener Spitze und Seide.

»Das ist genau das richtige Höschen«, beteuerte sie. »Da kriegst du das Blut nie mehr raus.«

»Das ist aus Paris«, seufzte Franziska. »Cornelius hat es mir gekauft. Mit einem passenden BH.«

Caroline wühlte prompt den Büstenhalter hervor.

»Das muß es dir wert sein«, sagte Matilda. »Wenn du eine ausgeleierte Frotteehose anziehst, kriegst du deine Tage niemals.«

»Ich habe keine ausgeleierten Frotteehosen«, empörte sich Franziska und zog die Pariser Unterwäsche an. Matilda reichte ihr das versprochene weiße Kleid.

»So weit, so gut«, befand Caroline. »Damit haben wir schon mal einen Anfang gemacht. Aber wie geht es weiter?«

Matilda setzte sich wieder auf die Bettkante. »Sehr hilfreich ist ein Termin beim Frauenarzt«, sagte sie. »Immer wenn man den Termin hat, also genau an diesem Tag, kriegt man seine Tage. Das ist ...«

»... ein Naturgesetz«, ergänzte Caroline. »Funktioniert bei mir auch immer. Todsicher.«

»Bei mir noch nie«, sagte Franziska mürrisch. »Ich weiß nicht, wieso das bei euch so ist. Bei mir ist das gewöhnlich so: Ich bekomme alle achtundzwanzig Tage meine Menstruation. *Immer* morgens, *immer* um die gleiche Zeit. Ich ziehe daher an solchen Tagen *niemals* ein weißes Kleid oder meine beste Unterwäsche an, sondern treffe auch sonst Vorbereitungen, die eine unangenehme Situation vermeiden. Und wenn ich einen Termin beim Frauenarzt mache, dann *immer* zu einer anderen Zeit, ist doch klar. Das ist jetzt seit sieben Jahren so, und es hat *immer* funktioniert. Nur *diesmal* nicht.«

Sie holte tief Luft. »Es kann nur eine Erklärung dafür geben: Ich bin schwanger!«

»Das muß nicht sein«, widersprach Caroline sofort. »Sieh mal, selbst *mich* hat diese ganze Geschichte schon so mitgenommen, daß ich heute nacht nicht geschlafen habe. Aber daß sie *dich* erst recht mitnimmt, wo du sie schließlich selber erlebt hast, ist doch klar. Und so was kann manchmal auf die Hormone wirken. Das ist doch ganz natürlich. *Logisch!* Wenn ich das alles erlebt hätte, mit diesem Typen und seinem Jaguar und dem Familienschmuck, und wenn ich gleichzeitig einen Freund wie Cornelius hätte, so einen knuffigen, treuen Kerl, ich meine, dann hätte ich auch Probleme mit meiner Menstruation, das ist doch nur *logisch*.«

»Schscht, das reicht, Caroline!« Matilda holte schon das Telefon aus dem Flur ans Bett.

»Los«, befahl sie. »Ruf an und mach einen Termin.«

»Am besten heute noch«, fügte Caroline hinzu.

Franziska blätterte in ihrem Adreßbüchlein. »Ich hasse diese Arztbesuche«, murrte sie. »Ich gehe immer nur hin, um mir die Pille verschreiben zu lassen.«

»Los jetzt«, befahl Matilda.

Franziska wählte.

»Was gibt es denn sonst noch?« überlegte Caroline. »Ein heißes Bad ist immer hilfreich. Aber das kann sie sich für heute abend aufheben.«

»Auch gut ist, wenn man eine Babyausrüstung kauft«, schlug Matilda vor. »Wenn man alles beisammen hat, stellt sich das Ganze nur als falscher Alarm heraus. Wir gehen nachher gleich in die Stadt und kaufen Schnuller, Windeln, Puder, Babyschühchen und so einen Kram. Franziska muß sowieso das weiße Kleid und die Unterwäsche spazierenführen, damit sich die Sache lohnt.«

»Brillante Idee«, lobte Caroline. »An dir ist eine Psychologin verlorengegangen.«

Franziska legte den Hörer auf.

»Der früheste Termin ist in drei Wochen«, sagte sie. »Am vierundzwanzigsten um neun Uhr.«

»Ach du Dumme«, schimpfte Caroline. »Hast du nicht gesagt, es sei dringend? Dann kann man auch ohne Termin kommen. Wenn jeder, der schwanger ist, erst mal drei Wochen warten würde – wo kämen wir denn da hin?«

»Ich rufe nicht noch mal an«, wehrte sich Franziska. »Ich gehe am vierundzwanzigsten hin, und damit basta. Bis dahin ist der Spuk sowieso vorbei.«

Matilda erhob sich.

»Wir gehen jetzt in die Stadt einkaufen«, klärte sie Franziska auf. »Du in diesem Kleid und in sonst gar nichts. Wenn alles nach Plan läuft, kommst du mit einem häßlichen Blutfleck am Hintern zurück und hast dich bis auf die Knochen blamiert.«

»Hoffentlich«, sagte Franziska.

10

»Und?« rief Matilda durch die Klotüre.

»*Nichts*« brüllte Franziska zurück. »Wenn du noch einmal so blöd fragst, springe ich aus dem Fenster.«

Caroline saß deprimiert am Küchentisch und spielte mit einem Babyfläschchen.

»Süß, nicht?« fragte sie. »Und diese Schühchen, die sind ja wohl zu niedlich!«

»Sie hat immer noch nichts«, sagte Matilda. »Da rennen wir stundenlang durch die Stadt, und alle starren auf ihren Hintern – in *meinem* Kleid –, wir kaufen die Babyabteilung leer, machen einen Termin beim Frauenarzt – alles für die Katz. Langsam gehen mir die Ideen aus.«

Caroline seufzte. »Na ja, vielleicht muß man alledem erst mal Zeit geben, Wirkung zu zeigen.«

Franziska kam aus dem Badezimmer.

»So oft wie in den letzten fünf Tagen war ich noch nie auf dem Klo«, sagte sie düster. »Nichts von dem, was wir gemacht haben, hat geholfen. Ich bin sicher schwanger.«

»Das ist nicht gesagt!« rief Matilda. »Hast du etwa Appetit auf saure Gurken?«

»Ich hasse saure Gurken«, erklärte Franziska.

»Siehst du!« triumphierte Matilda. »Dann bist du auch nicht schwanger.«

»Das mit den sauren Gurken ist doch nichts als ein Klischee«, meinte Caroline. »Meine Mutter hatte Appetit auf Schwarzwälder Kirschtorte, als sie schwanger war. Und meine Freundin Jennie war ganz wild auf Salmiakpastillen.«

»Da hätte ich jetzt auch Appetit drauf«, sagte Franziska. »Ist das der Beweis?«

»Was können wir jetzt noch tun?« fragte Caroline.

Matilda überlegte.

»Da hilft nur noch Zauberei«, meinte Franziska unglücklich.

»Zauberei!« schrie Matilda. »Das ist es. Ich habe da doch dieses Zauberbuch vom Flohmarkt. Die Stadthexe und ihre Magie oder so. Warte, ich hole es. Da steht ganz bestimmt was drin.«

Franziska drehte gedankenverloren die weißen Babyschühchen hin und her.

»Süß, nicht?« fragte sie.

»Ja, schon«, antwortete Caroline.

»Ach, Scheiße«, sagte Franziska.

»Ja, schon.«

»Heute abend kommt Cornelius. Wir wollten ins Kino.«

»*Nine Month*«, schlug Caroline vor. »Der war gar nicht so schlecht. Und ist sehr passend, wenn du das Thema mal anschneiden möchtest. Ich meine, das wäre vielleicht angebracht.«

»Vielleicht«, sagte Franziska.

Matilda kam zurück und schwenkte ein Buch mit dunkelviolettem Einband. »Die urbane Hexe und ihre Magie! Hier ist es.«

Franziska seufzte.

»Hier stand etwas über einen Zauber, wenn man glaubt, schwanger zu sein«, erinnerte Matilda sich und blätterte eifrig in dem Buch herum. »Wie Sie seine Begierde anstacheln können, nein, wie Sie einen magischen Treuetest durchführen müssen, nein, hier ist es: Wie Sie Ihre Periode herbeiführen können.«

»Vergiß es«, sagte Franziska, aber Matilda fand, man müsse jede Möglichkeit in Betracht ziehen.

»Umwickeln Sie Ihren Körper mit je einer Spule roter und weißer Seide«, las sie. »Dann setzen Sie sich in ein Bad, das zu gleichen Teilen mit Rosen-, Orangen-, Glyzinien- und Jasminessenzen gefüllt ist, und warten Sie, bis sich die Seide um Ihren Körper auflöst ...«

»Da kann man ja in der Wanne liegen bleiben, bis man verschrumpelt«, unterbrach sie Franziska. »Oder bis das Wasser verdunstet ist. Hör auf mit dem Blödsinn! Das ist nicht der richtige Weg.«

»Nein«, stimmte Caroline zu. »Wir müssen uns was Besseres überlegen. Obwohl ein heißes Bad nie schaden kann. Vielleicht versuchst du es mal.«

Franziska erhob sich und drückte die Babyschuhe an ihre Brust.

»Ihr seid echt lieb«, sagte sie. »Aber jetzt möchte ich ein bißchen allein sein.«

Matilda und Caroline blickten ihr betreten hinterher.

»Scheiße«, sagte Caroline, die sonst selten Kraftausdrücke dieser Art benutzte.

»Ja«, seufzte Matilda. »Und irgendwie ungerecht. Männer haben mit so was keine Probleme.«

»Sie werden sie bekommen«, meinte Caroline. »Spätestens wenn festgestellt werden muß, wer der Vater ist.«

»Laß uns von was anderem reden.«

»Gut«, sagte Caroline bereitwillig. »Hab' ich dir schon erzählt, daß gestern der Typ angerufen hat, mit dem ich neulich in der Mensa essen war?«

»Und?« fragte Matilda.

»Nichts und«, sagte Caroline. »Wir wollen morgen wieder zusammen essen gehen. In der Mensa.«

»Oh«, spottete Matilda. »Wie aufregend.

»Ja«, seufzte Caroline. »Er ist echt süß. Wer weiß, ob sich nicht was daraus entwickelt.«

»*Ich* weiß das«, sagte Matilda. »Bei dir entwickelt sich niemals etwas.«

»Du bist gemein«, sagte Caroline.

»Ich weiß«, entgegnete Matilda zufrieden.

11

Eine Viertelstunde später klingelte Benedikt an der Tür, ausnahmsweise mal ohne Bolle. Caroline öffnete ihm.

»Und?« fragte er.

Caroline schüttelte den Kopf. »Wir haben alles versucht«, sagte sie und erzählte von ihren Unternehmungen.

Benedikt schlug sich gegen die Stirn. »Das ist ja irgendwie wieder mal typisch«, rief er aus. »Babypuder kaufen, mit dem Frauenarzt telefonieren, ein weißes Kleid anziehen – ich glaube, ich spinne! Seid ihr jetzt ganz durchgeknallt? Warum tut ihr nicht das Naheliegendste?«

»Und was soll das sein?«

Benedikt seufzte und hielt ihr eine längliche Pappschachtel hin.

»Was ist das?« fragte Caroline.

»Ich glaub's nicht«, stöhnte Benedikt. »Wo ist sie?«

»Sie sitzt in ihrem Zimmer«, erklärte Caroline und starrte die Schachtel in Benedikts Hand mit großen

Augen an. »Oh, jetzt weiß ich, was das ist. Daß wir da nicht draufgekommen sind! Franzi wollte allein sein. Aber gleich kommt Cornelius. Sie wollten ins Kino gehen.«

»Wann kommt der?« fragte Benedikt und schaute auf die Uhr.

»Halb acht, denke ich. Er ist immer pünktlich.«

»Wenn wir uns beeilen, wird's gehen«, meinte Benedikt und öffnete die Tür zu Franziskas Zimmer.

Sie saß dort völlig apathisch in ihrem weißen Schlauchkleid im Schaukelstuhl und hoffte auf ein Wunder.

»Immer noch nichts?« fragte Benedikt mitleidig.

Franziska schüttelte den Kopf. »Ich weiß nicht, was ich sonst noch tun kann.«

Benedikt seufzte. »Wie wär's denn mal hiermit?« Er hielt ihr ein Päckchen hin.

»Ein Schwangerschaftstest!« sagte Franziska betroffen. »Wo hast du den denn her?«

»Aus der Apotheke, du Schaf«, antwortete Benedikt. »Jetzt ist Schluß mit diesen albernen Verzögerungsspielchen. Es wird höchste Zeit, daß du der Wahrheit ins Auge siehst.«

Franziska wendete den Schwangerschaftstest mißtrauisch in ihrer Hand hin und her.

»Hat dich jemand gesehen?« fragte sie.

Benedikt seufzte wieder. »Natürlich. Die Apotheke war voller Menschen. Aber ich habe gesagt, es wäre für mich.«

Franziska lächelte schwach.

»Weißt du«, sagte sie. »Es klingt vielleicht merkwürdig, aber an einen Schwangerschaftstest habe ich überhaupt nicht gedacht. Ich weiß gar nicht, ob ich es überhaupt wissen will.«

Benedikt schüttelte verständnislos den Kopf.

»Los jetzt«, sagte er. »Es ist ganz einfach. Du nimmst das Ding und pinkelst drauf. Dann wartest du ein paar Minuten und weißt Bescheid.«

Franziska beäugte weiter mißtrauisch die Verpackung. »Und das funktioniert?«

»Todsicher«, sagte Benedikt. »Los jetzt! Sei mutig!«

Franziska öffnete den kleinen Karton und holte ein Kunststoffstäbchen heraus, in das zwei kleine Sichtfelder eingebaut waren.

»Siehst du die Fensterchen?« fragte Benedikt. »Wenn in beiden Feldern ein blauer Punkt erscheint, bist du schwanger. Wenn nur das obere Feld blau wird, bist du noch mal davon gekommen. Ganz einfach.«

Franziska schüttelte das Stäbchen ungläubig. »Und das soll funktionieren?«

»Natürlich«, sagte Benedikt mit zunehmender Begeisterung. »Schau her, du mußt diese Kappe abziehen und die Spitze in den Urin tunken. Dabei kannst du das Stäbchen direkt in den Strahl halten oder aber den Urin vorher in ein Glas füllen. Das ist idiotensicher.«

»Woher weißt du so gut über solche Dinge Bescheid?« fragte Franziska

»Ich habe den Apotheker gefragt, wie es geht. Und er hat es mir netterweise genau erklärt.«

»Vor allen Leuten?«

»Vor allen Leuten«, bestätigte Benedikt. »Die wissen jetzt alle über die Handhabung eines Schwangerschaftstestes Bescheid. Das war sozusagen Volksaufklärungsunterricht.«

»Mir ist das peinlich, mit dir über meinen Urin zu sprechen.«

»Du bist ein Schaf.«

»Danke«, sagte Franziska. »Ich meine, dafür, daß du daran gedacht hast, so was zu besorgen. Wie bist du nur auf diese Idee gekommen?«

Benedikt stöhnte. »Weil es das naheliegendste ist, einen Schwangerschaftstest zu machen, wenn man glaubt, schwanger zu sein. Ich verstehe nicht, wieso ihr nicht darauf gekommen seid. Babyschuhe kaufen ist nicht unbedingt eine Alternative.«

»Caroline und Matilda haben gesagt, man bekommt seine Tage, wenn man das tut.«

»Das ist doch kompletter Blödsinn.«

»Nein«, sagte Franziska. »Das ist Psychologie. Davon verstehst du nichts.«

»Geh Pipi machen«, forderte Benedikt sie auf.

Franziska erhob sich unentschlossen.

»Haben wir ein Glas?« fragte sie in der Küche.

»Natürlich«, antwortete Matilda.

»Ein altes Marmeladenglas oder so was«, sagte Franziska.

»Sie braucht es, um reinzupinkeln«, erklärte Benedikt hilfreich.

Caroline stand auf und ging zum Küchenschrank. »Nimm diese Tasse«, sagte sie. »Ich kann sie sowieso nicht ausstehen. Keine Ahnung, welch geschmackloser Mensch mir die gekauft hat.«

Franziska nahm ihr eine grüne Henkeltasse mit roten Herzchen aus der Hand. »Danke«, sagte sie. »Ich denke, das ist genau das Richtige für mein Pipi.«

»Sollen wir mitkommen?« fragte Matilda.

Franziska schloß energisch die Badezimmertür ab. »Bloß nicht«, sagte sie von drinnen.

Caroline, Matilda und Benedikt blieben vor der Tür im Flur stehen. Eine Weile lang hörte man gar nichts.

Schließlich ertönte Franziskas Stimme von drinnen. »Hier steht, am besten funktioniert es mit Morgenurin«, rief sie. »Ich denke, ich warte besser bis morgen früh.«

»Nein«, rief Benedikt zurück. »Der Apotheker hat gesagt, man kann es zu jeder Tageszeit ausführen. Und das steht auch in der Packungsbeilage.«

»Ja ja«, murmelte Franziska. »Jetzt geht schon von der Tür weg, sonst kann ich nicht pinkeln.«

Die drei zogen sich in die Küche zurück.

»Hölle, ist das spannend«, sagte Matilda. »Morgen hole ich mir auch so ein lustiges Spiel aus der Apotheke.«

»Sehr witzig«, sagte Caroline. Sie hatte sich vor lauter Aufregung die Unterlippe blutig gebissen.

Zwei Minuten später kam Franziska mit der grünen Herzchentasse zu ihnen. »Und jetzt?« fragte sie.

Benedikt nahm ihr das Plastikstäbchen aus der Hand. »Jetzt entfernen wir diese Hülle«, sagte er in einem Tonfall wie Doktor Augenbraue Best aus der Fernsehwerbung und ließ seinen Worten auch gleich Taten folgen. »Dann tränken wir die Spitze mit dem Urin, stecken das Ganze wieder zusammen und warten, ob sich in beiden Feldern blaue Punkte bilden.«

Franziska, Caroline und Matilda beugten sich über das Stäbchen.

»Nichts«, schrie Franziska froh. »Gar nichts. Alles ist weiß geblieben!«

»Wir warten vier Minuten«, erklärte Benedikt geduldig. »Nach vier Minuten färbt sich entweder nur ein Feld blau – oder alle beide. Und wenn beide Felder blau sind, heißt das, du bist schwanger.«

»*Vier Minuten*«, sagte Franziska bloß. »So lange halte ich das im Leben nicht aus.

»Ich auch nicht«, erklärte Caroline solidarisch.

Sie und Franziska begannen, nervös durch die Wohnung zu wandern. Matilda und Benedikt bewachten derweil den Schwangerschaftstest.

»Da! Ein Feld färbt sich blau. Ein runder, blauer Punkt«, schrie Matilda. »Heißt das nun, daß sie schwanger ist?«

»Oh, *nein*!« brüllte Franziska aus dem Flur.

»Erst eine Minute«, sagte Benedikt beruhigend und schaute auf die Uhr. »Da kann man noch gar nichts sagen. Bei Schwangerschaft färben sich außerdem beide Felder blau.«

Es klingelte an der Wohnungstür.

»Das ist sicher Cornelius«, sagte Caroline. »Es ist halb acht. Auf die Minute. Ich gehe und mach' ihm auf.«

»Scheiße«, brüllte Franziska panisch. »Was soll ich denn jetzt machen? Er darf nichts davon wissen!«

»Halt ihn noch zwei Minuten hin«, schlug Benedikt vor, »dann steht das Ergebnis fest.«

Aber Caroline hatte schon die Wohnungstür geöffnet. »Hi, Corni«, sagte sie nervös.

»Hi, Caro«, antwortete Cornelius und lächelte sie an.

Er war ein großer, sehr sportlich gebauter Typ mit wuscheligen, immer ungestylten, dunklen Locken und schönen, kantigen Gesichtszügen. Caroline fand ihn wie immer ausgesprochen gutaussehend. Ganz besonders heute. Es tat ihr furchtbar leid, daß Franziska plötzlich mehr auf braungebrannte, blonde und unverschämt reiche Kerle stand. Das hatte Cornelius einfach nicht verdient.

»Du siehst gut aus«, sagte sie warm, nur um ihm etwas Nettes mit auf den Weg zu geben.

»Danke«, erwiderte Cornelius verblüfft. »Wo ist Franziska? Wir wollten ins Kino gehen.«

»Hier.« Franziska stürzte an ihm vorbei in die Küche und riß den Schwangerschaftstest vom Spülstein.

»Einen Moment noch«, rief sie über die Schulter. Hastig stopfte sie das unheilvolle Plastikstäbchen in den Abfalleimer, und zwar ganz tief.

Matilda reichte ihr stumm die Verpackung hinterher.

Benedikt seufzte. »Dummkopf«, flüsterte er. »In einer Minute hätten wir's gewußt.«

»Ich glaube, das zweite Feld war auch blau«, flüsterte Matilda. »Aber ich bin mir nicht ganz sicher.«

Franziska strich sich atemlos das Haar aus der Stirn. »Ja, ich meine auch, es wäre blau gewesen«, jammerte sie leise.

Cornelius stand lächelnd in der Küchentür. »Du siehst irgendwie gestreßt aus, finde ich«, sagte er. »Gibt es was Neues?«

»Nein«, schrien Benedikt, Caroline und Matilda im Chor.

Cornelius lachte leicht verunsichert. »Franziska und ich wollten ins Kino gehen«, sagte er. »Wollt ihr nicht mitkommen?«

»Nein, nein«, antworteten sie und schüttelten einhellig die Köpfe. »Wir haben schon was anderes vor.«

»Der Film heißt *Nine Month*, sagt Franziska«, erklärte Cornelius. »Vielleicht ist es lustiger, wenn man da zu mehreren ist.«

»Ich war schon am Samstag in diesem Film«, sagte Caroline. »Mit Hugh Grant. Es war sehr – interessant.«

Ihr Herz schmolz beinahe vor Mitleid.

Cornelius musterte sie besorgt. »Ist irgendwas?«

»Nein, nein«, wiederholte Caroline und goß unauffällig den Inhalt der giftgrünen Herzchentasse in die Spüle. Sie hatte zusätzlich zu der blutenden Lippe lauter hektische, rote Flecken im Gesicht. Die bekam sie immer, wenn sie log.

Franziska suchte nach ihrem Rucksack.

»Tolles Kleid«, meinte Cornelius. »Ist es neu?«

»Nein, mit Perwoll gewaschen«, murmelte Matilda.

»Es gehört Matilda«, erklärte Franziska, die ihren Rucksack gefunden hatte und zog ihn eilig Richtung Wohnungstür. »Bis nachher dann!«

»Viel Spaß im Kino«, sagte Matilda. »Und paß auf mein Kleid auf. Haha!«

Als die Tür ins Schloß gefallen war, stürzten sich die drei Zurückgebliebenden auf den Abfalleimer.

»Wo ist das verfluchte Stäbchen?«

»Hast du's?«

»Kann man noch was erkennen?«

»Ist sie schwanger?«

Benedikt kratzte mit spitzen Fingern fettige Krümel von dem Schwangerschaftstest.

»Scheiße«, sagte er. »Da ist lauter Kaffeesatz drauf und alles mögliche. Ich glaube, man kann das jetzt nicht mehr erkennen.«

»Gib her!« Matilda riß ihm das Stäbchen aus der Hand und popelte die beiden Felder frei. »Das eine ist eindeutig blau.«

Caroline nahm es ihr weg.

»Das andere ist völlig zerkratzt«, sagte sie. »Aber es sieht nicht blau aus.«

»Das kann man nicht sagen«, wiederholte Benedikt. »Wir haben es zu früh bewegt und mit anderen Substanzen in Berührung gebracht. Sie muß es noch mal machen.«

Caroline legte das Stäbchen auf den Spülstein zurück. »Scheiße«, sagte sie. »Wir waren so nah dran.«

12

»Wir kommen zu spät«, sagte Franziska schlechtgelaunt. »Das ist jetzt die dritte Runde um den Block, und hier ist weit und breit kein Parkplatz für uns. Warum fahren wir nicht da vorne ins Parkhaus?«

Aber ein Parkhaus zu benutzen, war gegen Cornelius' Autofahrerehre.

»Parkhäuser sind was für Opas und Omas. Und weißt du, was das kostet?« fragte er. »Nein, hier ist sicher gleich eine Lücke frei.«

Franziska stöhnte genervt und dachte sehnsüchtig an Jan und seine reibungslosen Parkmanöver. *Der* fand immer sofort eine Lücke.

Cornelius drehte unbeirrt zwei weitere Runden um den Block. Schließlich parkte er zwischen einem Parkverbots- und einem Halteverbotsschild vor einem Bauzaun.

»Siehst du«, sagte er triumphierend. »Was habe ich gesagt?«

»Hier ist absolutes Halteverbot«, meckerte Franziska. »Und das Kino hat schon vor zehn Minuten angefangen.«

»Da läuft doch eh eine halbe Stunde Werbung«, sagte Cornelius heiter. »Wer interessiert sich schon dafür?«

»Ich«, antwortete Franziska in einer für sie völlig untypischen Tonlage. »Im Kino gehört die Werbung einfach dazu. Und ich *hasse* es sowieso, zu spät zu kommen. Da kriegt man nur noch die *schlechtesten* Plätze, und vor einem sitzt *garantiert* ein Riese mit mißlungener Dauerwelle und versperrt einem die Sicht. *Ich hasse das.*«

Cornelius sah sie irritiert an. »Das nächste Mal fahren wir mit der Bahn«, sagte er ruhig. »Was ist los mit dir? Bekommst du deine Tage?«

Franziska warf wütend die Beifahrertür zu. »Noch so eine saublöde Frage, und du kannst allein ins Kino gehen.«

»Na, hör mal«, sagte Cornelius. »Ich gehe extra deinetwegen in so einen Rührschinken mit Hack Gränt, da kannst du ruhig was netter zu mir sein.«

»Jiuuh«, verbesserte Franziska kleinlich.

»Wie bitte?«

»Es heißt nicht Hack, sondern Jiuuh ausgesprochen.«

So was wäre Jan sicher nicht passiert. *Er* wußte, wie man Hugh Grant aussprach. Er sagte ja auch nicht Lambordschieni, wie Cornelius, und er konnte all die zungenbrecherischen Gerichte auf der Speisekarte bei Chez Margaux korrekt aussprechen. Total souverän war der.

Sie stapfte mit bockigen Schritten neben Cornelius her.

»Was ist los mit dir?« wollte er wissen und legte seinen Arm um ihre Schulter. »Du bist seit Tagen so merkwürdig.«

»Nichts«, sagte Franziska.

Cornelius zog sie enger an sich. Er roch gut. Das

immerhin. Es war nicht sein After Shave oder Eau de Toilette, es war einfach seine ganz eigene, vertraute Duftnote.

Sie seufzte.

Eigentlich liebte sie ihn ganz fürchterlich, das spürte sie genau. Und er war schließlich nicht schuld an diesem Schlamassel.

Sie blieb stehen und schaute zu ihm auf. »Tut mir leid«, murmelte sie zerknirscht. »Ich weiß auch nicht, was mit mir los ist.«

Cornelius küßte sie erleichtert auf die Nasenspitze. »Komm«, sagte er fröhlich. »Wir gehen jetzt in diesen Film und schauen uns den tollen Hack an. Oder Jiuuuh, ganz wie du willst. Und danach lade ich dich zum Essen ein. Bei diesem neuen Mexikaner, der soll ganz super sein. Da kannst du mir dann erzählen, was du auf dem Herzen hast, okay?«

»Okay«, sagte Franziska und nahm sich fest vor, es auch wirklich zu tun.

Aber das war gar nicht so einfach. Sie wußte nicht, wo sie anfangen sollte. Obwohl der Film als solcher ein prima Aufhänger für ein Gespräch über Babys im allgemeinen und besonderen war.

Cornelius bestellte Tortillas mit der unvermeidlich scharfen Bohnenpampe und dazu etwas Fleischiges. Franziska nahm nur einen Salat. Sie hatte seit Tagen keinen Appetit mehr.

»Wie fandest du den Film?« fragte sie.

Cornelius lehnte sich zufrieden zurück. »Also, was ihr Frauen an diesem Hack findet, werde ich nie verstehen. Er sieht doch aus wie ein Hase. Ein britischer Hase.«

»Er hat einfach das gewisse Etwas«, behauptete Franziska und verfolgte das Thema erst mal nicht weiter.

Cornelius merkte es nicht. Er begann ihr von seiner Arbeit zu erzählen und einer Auseinandersetzung mit seinem besserwisserischen Vorgesetzten. Franziska hörte nur mit halbem Ohr zu. Cornelius arbeitete in einer riesigen Firma, in der Entwicklungsabteilung für Computerhardware, und Franziska war es in dem halben Jahr ihrer Beziehung noch nicht geglückt, echtes Interesse dafür zu entwickeln. Sicher war Cornelius ein gewissenhafter, begabter Mitarbeiter, und wenn er auch jetzt noch ganz unten auf der Karriereleiter stand, würde er zweifellos aufgrund seiner Fähigkeiten im Laufe der nächsten zwanzig Jahre ganz weit nach oben klettern. Unaufhaltsam, da war sie sich ganz sicher. Schon jetzt war er in der Lage, Frau und Kind zu versorgen. Und das mit siebenundzwanzig Jahren. Wer kann das heute noch? Sie würden eine nette Drei-Zimmer-Wohnung mit Balkon mieten, und alles würde seinen ganz normalen Lauf nehmen.

Theoretisch.

Franziska seufzte schwer. Cornelius wäre sicher der bessere Vater, so wie sie ihn einschätzte. Aber niemand konnte sagen, ob er auch der wahre Vater war.

Und außerdem wollte sie überhaupt kein Kind!!!

Ach, warum bekam das weiße Kleid nicht endlich den ersehnten Blutfleck? Warum nicht? Es wäre das reinste Vergnügen gewesen, mit dem herrlichen, überaus herrlichen Fleck an all den Leuten an ihren Tischen vorbeizugehen, hinaus auf die sommerlich belebten Straßen. *Das reinste Vergnügen*!

Das Essen kam, und Cornelius machte sich froh über

sein Fleisch her. Franziska stocherte indessen unglücklich auf ihrem Salatteller herum.

»Wie fändest du das eigentlich, wenn *du* Vater würdest?« brach es unvermittelt aus ihr heraus.

»Wasch?« fragte Cornelius mit vollem Mund. »Wie kommschu da jetsch drauf?«

»Wegen des Films«, sagte Franziska. »Würdest du dich freuen, wenn ich schwanger wäre?«

Cornelius machte den Mund leer. »Nein«, sagte er ernsthaft.

Nein? Franziska war vollkommen verblüfft. *Nein*? Einfach *nein*?

»Du würdest dich nicht freuen?« wiederholte sie ungläubig.

»Nein«, antwortete Cornelius. »Das würde doch überhaupt nicht passen. Vielleicht in fünf Jahren mal, aber doch jetzt noch nicht.«

»Ja, gut«, meinte Franziska fassungslos. »Ich meine ja auch nicht eine geplante Schwangerschaft, sondern ein Versehen. Sozusagen.«

Cornelius lächelte vollkommen ahnungslos auf sie herab. »Solche Versehen kann man ja heutzutage glücklicherweise vermeiden«, sagte er.

Franziska wurde unruhig. Das hätte sie nun wirklich nicht gedacht. Cornelius, der Kinderfreund. Der mit allen kleinen Jungs am Wegesrand Fußball spielte und bei jeder Gelegenheit von einem Haus im Grünen schwärmte, wo er mit ihr und einem ganzen Stall voller Kinderlein sein Leben zu fristen wünschte.

»Ja, aber ich denke, du willst Kinder haben?« sagte sie. »Ich war doch immer diejenige, die das nicht wollte. *Ich*, nicht *du*!«

»Ja, schon, das weißt du doch«, meinte Cornelius und schnitt sich genießerisch ein Stück von seinem Steak ab. »Aber wir sind einfach noch zu jung dafür. Vor allem du. Du willst erstmal dein Studium fertig machen und ein paar Jahre in dem Job arbeiten. Und in der Zeit schaffen wir eine entsprechende Basis. Kinder sollten in geregelte Verhältnisse hineingeboren werden. Mit Ende zwanzig kann man das alles viel besser absehen.«

»Du *bist* Ende zwanzig«, sagte Franziska verbissen.

»Ich bin Mitte zwanzig«, erklärte Cornelius. »Und du wirst demnächst gerade mal einundzwanzig. Erst im zweiten Semester. Und jetzt sag mir nicht, daß du dir ein Kind wünschst.«

»*Natürlich nicht*«, schrie Franziska.

Die Leute an den anderen Tischen blickten erstaunt von ihrer Bohnenpampe auf.

»Ich meine ja bloß rein theoretisch«, setzte sie flüsternd hinzu.

»Was so ein Film alles auslösen kann«, meinte Cornelius, immer noch völlig ahnungslos. »Ich denke, wir sind uns da schon einig. Du bist die Frau, mit der ich alt werden will, das weiß ich ganz genau. Und daß wir irgendwann mal Kinder haben werden, steht außer Frage. Nur bis dahin können wir noch fünf, sechs, sieben Jährchen unser Leben auf eine andere Weise genießen. Ist das nicht wundervoll?«

»Doch«, murmelte Franziska.

Wenn er wollte, konnte er richtig nette Sachen sagen. Sie war die Frau, mit der er alt werden wollte, das klang wirklich gut. Dummerweise war sie sich nicht sicher, ob umgekehrt das gleiche galt.

Sie kaute apathisch auf einem grünen Salatblatt

herum. »Und wenn ich aber doch schwanger würde?« fragte sie nach einer Weile. »Durch einen Irrtum? Was würdest du dann tun?«

»Dann würden wir unsere Pläne natürlich über den Haufen werfen müssen. Aber das würden wir auch hinkriegen«, sagte Cornelius und lächelte sie warm an. »Du und ich. Wir zwei.«

»Du würdest nicht denken, daß ich dieser Aufgabe nicht gewachsen bin?«

»Natürlich nicht«, entgegnete Cornelius. »Schließlich schaffen das noch viel jüngere Mädchen. Und du bist ziemlich reif für dein Alter.«

»Aber was wäre mit meinem Studium?«

»Na ja, das müßte eben erst mal Pause machen. Das wäre natürlich alles wahnsinnig kompliziert. Das Kind müßte zu einer Kinderfrau, was eine finanzielle Frage ist, oder zu deiner Mutter – was eher eine moralische Frage ist! Ich wette, das würdest du nicht wollen. Viele Frauen brechen ihr Studium ab und fangen nie wieder damit an, wenn sie ein Kind bekommen. Die meisten, um genau zu sein.«

Franziska schluckte. »Und wenn ich aber gar kein Kind haben wollte?« fragte sie. »Ich meine, man muß es ja nicht bekommen, wenn man nicht will.«

»Das stimmt natürlich«, sagte Cornelius. »Aber eine Abtreibung wäre in deinem Fall ja wohl vollkommen unmoralisch. Du hättest einen Kindsvater, der dich und das Baby versorgt. Nein, eine Abtreibung käme da überhaupt nicht in Frage.«

»Und wenn ich darauf bestehen würde?« fragte Franziska kriegerisch. »Schließlich könntest du mich nicht zwingen, ein Kind zu bekommen.«

Cornelius hielt ihr einen Gabel voll Bohnenpampe hin. »Probier mal das Püree«, sagte er. »Es schmeckt toll.«

»Ich mag nicht«, ekelte sich Franziska.

Cornelius schob sich die Gabel selber in den Mund. »Eine Abtreibung würde ich nicht akzeptieren«, erklärte er. »Du bist schließlich in keiner Notlage oder so was.«

Wenn du wüßtest, dachte Franziska. Wenn das keine Notlage ist, dann weiß ich es nicht.

Cornelius war satt. »Und jetzt hören wir mit diesen hypothetischen Gesprächen auf«, forderte er. »Ihr Frauen könnt diese Was-wäre-wenn-Spiele stundenlang spielen. Da kommt nie was bei raus, außer daß man sich am Ende über ungelegte Eier streitet.«

Von wegen hypothetisch! Und von wegen ungelegte Eier! Franziska schob den halbvollen Salatteller von sich. Die Sache war noch viel komplizierter, als sie angenommen hatte.

»Weißt du was?« sagte Cornelius und nahm ihre Hand. »Du siehst ganz toll aus heute abend. Das weiße Kleid steht dir. Du siehst darin irgendwie gleichzeitig sexy und unschuldig aus.«

Unschuldig, ha ha ha! Das war wirklich der Witz des Tages.

Franziska brach in hysterisches Gelächter aus.

Cornelius freute sich darüber. »Endlich bist du wieder fröhlich«, sagte er. »Ich hatte mir echt schon Sorgen gemacht.«

13

Caroline hörte, wie Franziska die Wohnungstür aufschloß. Sie stürzte hinaus in den Flur.

»*Und*?« wollte sie rufen, konnte sich aber gerade noch zurückhalten. »Wie war der Film?«

»Ganz nett«, antwortete Franziska und zog sich die Schuhe aus.

»Ich meine, hat er was bewirkt?« fragte Caroline.

»Außer, daß ich mir jetzt wünsche, Hugh Grant wäre der Vater meines Babys? Nein.«

Franziska schlürfte deprimiert ins Badezimmer. Caroline folgte ihr.

»Hast du nicht mit ihm gesprochen?«

»Habt ihr den Schwangerschaftstest aus dem Müll gerettet?« fragte Franziska zurück.

»Ja«, sagte Caroline. »Aber man konnte nichts mehr erkennen. Du mußt ihn noch mal machen.«

»Beide Felder waren blau«, sagte Franziska düster. »Ich hab's gesehen. Ich brauch's nicht noch mal zu machen.«

»Hast du's Cornelius gesagt?«

»Was?« fragte Franziska und zog sich das weiße Kleid über den Kopf. »Das mit dem Baby – oder das mit Jan?«

Caroline setzte sich auf den Badewannenrand. »Eines von beiden oder beides!?«

»Nein«, seufzte Franziska. »Keines von beiden.«

»Warum nicht?« fragte Caroline bekümmert.

»Ich konnte einfach nicht. Wir haben bloß hypothetisch über die Möglichkeit einer Schwangerschaft gesprochen. Ich wollte wissen, wie er dazu steht.«

»Und was hat er gesagt?«

»Daß er kein Baby will. Erst in sechs Jahren oder so.«

»Oh.«

»Aber eine Abtreibung würde er auch nicht akzeptieren. Das ist doch wieder typisch, oder? Er will kein Baby, aber abtreiben darf ich auch nicht.«

»Würdest du das denn wollen?« fragte Caroline.

Franziska setzte sich in ihrer schönen, champagnerfarbenben Unterwäsche neben sie auf den Badewannenrand. »Ich weiß nicht«, sagte sie. »Ich *will* einfach kein Kind. Und dann noch eins mit zwei Vätern. Das ist einfach nicht möglich.«

Caroline guckte auf den Boden. Ein Silberfischchen kam aus einer Fuge geschwänzelt und lief eilig über die Kacheln.

»Auf der anderen Seite – ich denke, wir würden das schon schaffen mit einem Kind. Auch ohne Väter«, sagte sie leise. »Schau mal, du hast doch uns. Wir – ich habe mir das alles schon genau überlegt. Ein Wickeltisch paßt locker hier ins Bad und ein Bettchen in dein Zimmer, und alle würden sich darum kümmern. Benedikt und Ollie und Matilda und ich ...«

»Ich will das nicht entscheiden«, sagte Franziska. »Das ist alles so kompliziert.«

Caroline schwieg und beobachtete weiter das Silberfischchen.

»Es gibt ja eine Unzahl verschiedener Möglichkeitskombinationen«, fuhr Franziska fort »Ich kann das Baby bekommen und ziehe es ohne einen Vater groß. Ich kann aber auch beiden sagen, es wäre ihr Kind, und jeder kann es besuchen und beschenken und für seinen Unterhalt sorgen. Ich kann Jan sagen, daß Kind wäre von Cornelius und mit ihm in eine Drei-Zimmer-Wohnung mit Balkon ziehen. Oder ich sage Cornelius, das Kind wäre von Jan, und dann ziehe ich das Kind zusammen mit Jan groß.«

»In einem Schloß, hm?« warf Caroline sarkastisch ein.

»Das geht natürlich alles nur, wenn beide nicht sauer darüber wären, daß ich gleichzeitig was mit zwei Männern hatte.«

»Cornelius würde dich sicher nicht im Stich lassen«, sagte Caroline heftig. »Aber wie sieht es mit diesem Jan aus? Willst du da nicht wenigstens mal nachfragen? Hypothetisch, meine ich.«

»Das ist nicht das Problem«, behauptete Franziska. »Das Problem ist, daß ich überhaupt kein Kind will. Von keinem der beiden. Also bleibt mir doch gar nichts anderes übrig, als eine Abtreibung.«

Caroline versperrte dem Silberfischchen auf dem Boden den Weg mit ihrem Fuß. »Na, dann weißt du wenigstens, was du in den Semesterferien machen wirst.«

»Ach, Caro«, sagte Franziska. »Was würdest du denn an meiner Stelle machen? Würde dir eine Entscheidung so leicht fallen?«

»Zumindest würde ich beiden Typen reinen Wein einschenken«, erklärte Caroline fest. »Sicher nehmen die dir die Entscheidung ein Stückchen ab. Du kennst diesen Jan doch im Grunde noch überhaupt nicht. Vielleicht sagt er dir einfach nur auf Wiedersehen, wenn er hört, was los ist. Dann brauchst du Cornelius nicht mal was von ihm zu sagen. Ich meine, was er nicht weiß, macht ihn auch nicht unglücklich. Rede mit diesem Jan, und zwar schnell.«

Franziska nickte. »Ja, muß ich wohl«, sagte sie. »Wir sehen uns am Donnerstag.«

»Ach, Franziska«, rief Caroline empört. »Doch nicht wieder zu so einem Stelldichein im Hotel? In solch einer Situation? Das ist wirklich unfair von dir.«

»Ja«, gab Franziska zu. »Ist es. Aber das ändert nichts daran, daß ich es tue. Tut mir leid.«

»Man kann nicht zwei Männer gleichzeitig lieben«, behauptete Caroline. »Du mußt dich schon für einen entscheiden. Oder für keinen von beiden.«

Franziska strich sich das Haar aus der Stirn. »Doch«, flüsterte sie. »Man kann zwei Männer gleichzeitig lieben. Ich bin der Beweis, oder?«

»Das ist unfair«, wiederholte Caroline. »Wenn ich nur daran denke, wie du dich letztes Jahr angestellt hast, als Matilda noch mit Cornelius zusammen war und ein Verhältnis mit diesem Felix hatte!«

»Das war was ganz anderes!« sagte Franziska heftig.

»O nein, war es nicht. Aber vielleicht hat das Ganze ja schon System. Als Matilda Cornelius betrogen hat, hast du ihn dir geangelt. Und jetzt, wo *du* Cornelius betrügst, müßte er eigentlich automatisch an *mich* übergehen«, meinte Caroline und setzte mit einem nachdenklichen Lächeln hinzu: »Das wäre nicht mal die schlechteste Lösung. Ich mag ihn wirklich. Er hat so was Verläßliches.«

»So ein Blödsinn! Du bist überhaupt nicht sein Typ«, fauchte Franziska. »Außerdem ist er der Vater meines Kindes!«

»Vielleicht«, sagte Caroline. »Nur vielleicht.«

14

»*Und*?« fragte Matilda am nächsten Morgen.

Franziska winkte müde ab. »Es wird langsam langweilig«, sagte sie. »Finde dich damit ab, daß ich schwanger bin.«

Matilda sah sie mit großen Augen an. »So schnell gibst du auf?«

Caroline starrte schweigend auf ihr Knäckebrot herab.

Franziska begann, das morgendliche Müsli anzurühren. »Verstehst du nicht, daß mir gar nichts anderes übrigbleibt? Ich kann natürlich neun Monate lang in einem weißen Kleid herumlaufen und in meiner besten Unterwäsche, aber davon wird es auch nicht besser.«

»Ja, und jetzt?« fragte Matilda. »Ich weiß nicht, wie man so was macht, aber ich denke, *Pro Familia* ist jetzt das Richtige für uns.«

»Weswegen? Ich habe keine Familie.«

»Eben«, sagte Matilda. »Du bist jetzt sechs Tage über die Zeit, das heißt ungefähr dritte Schwangerschaftswoche. Wenn wir heute noch zu Pro Familia gehen und diesen ganzen Beratungsscheiß hinter uns bringen, bist du in spätestens einem Monat wieder – hm – wieder normal.«

Caroline stellte ihre Tasse mit einer heftigen Bewegung auf den Tisch. »Normal«, rief sie empört aus. »Ich glaube, ihr spinnt.«

Franziska aß ihr Müsli im Stehen. »Caroline hat sich das schon ganz genau ausgemalt«, sagte sie spöttisch. »Mein Baby liegt in einem hübschen Bettchen, im Bad steht ein Wickeltisch, und wir sind alle furchtbar glücklich miteinander.«

»Ja und?« fragte Caroline. »Das wäre durchaus möglich. Das Kind kann schließlich nichts dafür, daß es zwei Väter hat und seine Mutter so eine gewissenlose Person ist.«

»Welches Kind?« wollte Matilda wissen. »Wenn überhaupt, dann ist das ein befruchtetes Ei, was hier für Ärger sorgt. Du solltest Franziska keine Schuldgefühle einreden. Sie ist erst zwanzig, völlig mittellos und überdies hat sie keinen Vater für das – hm – für das befruchtete Ei. Das ist eine Notsituation, wie sie klassischer nicht sein könnte. Kein Mensch wird etwas dagegen sagen, wenn sie abtreibt.«

Caroline rührte in ihrem Kaffee herum. »Das ist ja alles nicht wahr«, sagte sie. »Franziska ist nicht mittellos, sie schafft es ja jetzt auch, sich selber zu ernähren, ganz ohne BAFöG. Da wären außerdem zwei Väter, die für das Kind bezahlen würden, einer auf jeden Fall. Wenn Jaguar-Jan der Erzeuger ist, wird das Kind sogar sozusagen mit einem goldenen Armband im Mund geboren, und wenn Cornelius der Vater ist, sieht es finanziell auch nicht gerade schwarz aus. Franziska hat außerdem, wenn sie weder zu diesem Jaguar-Jan ins Märchenschloß noch zu Cornelius ziehen möchte, eine Wohnung, in der Platz genug ist. Sie hat uns, zwei kinderliebe, selbstlose Freundinnen, und Ollie und Benedikt, die idealen männlichen Bezugspersonen Und dann ...«

»Hör auf«, rief Franziska. »Wenn du unbedingt ein Kind haben willst, dann krieg gefälligst selber eins!«

Caroline schwieg beleidigt.

»Wenn du möchtest, gehe ich jetzt mit dir zu Pro Familia«, sagte Matilda zu Franziska.

Franziska kaute eine Rosine klein. »Nicht heute. Ich muß jetzt zur SpoHo. Außerdem weiß ich gar nicht, ob ich das möchte. Eine Abtreibung, meine ich.«

Caroline freute sich. »Ich würde sogar mit dir zur Schwangerschaftsgymnastik gehen«, sagte sie eifrig. »Du hast selber gesagt, ich brauche mehr Bewegung.«

Matilda lachte, aber Franziska verzog keine Miene. Sie suchte nach ihrem Rucksack.

»Okay, Pro Familia findet also heute nicht statt«, sagte Matilda zu ihr. »Aber wie sieht es mit den diversen Kindesvätern aus?«

»Und mit einem zweiten Schwangerschaftstest?« fügte Caroline hinzu. »Wenn du möchtest, besorge ich einen in der Apotheke.«

Franziska hängte sich ihre In-Line-Skates über die Schulter. »Schön, daß ihr für mich mitdenkt«, sagte sie mürrisch. »Aber eine Hilfe seid ihr mir nicht gerade. Schönen Tag noch.«

Matilda und Caroline blieben verwirrt am Frühstückstisch zurück.

»Das bist du schuld«, sagte Matilda.

»Ich?«

»Wegen dieses Geredes von Kinderbettchen und Wickelkommode. Jetzt ist sie völlig durcheinander. Du nimmst ihr den allerletzten Ausweg.«

»Das ist nicht wahr«, verteidigte sich Caroline. »Ich habe nur Alternativen aufgezeigt. Wann hat sie diesen Termin beim Frauenarzt?«

»In zweieinhalb Wochen, gleich zu Beginn der Semesterferien.«

»Wenn sie wirklich schwanger ist, ist es dann nicht zu spät für eine Abtreibung?«

»Keine Ahnung. Nein, ich denke, es wird noch reichen«, sagte Matilda. »Gerade so. Und was machst *du* so in den Ferien?«

Caroline grinste. »Die ersten zwei Wochen muß ich auf das Haus meiner Eltern aufpassen. Sie sind ein paar Tage in Madrid. Wenn ihr Lust habt, könnt ihr mitkommen. Wir könnten segeln und am Strand liegen und so was alles.«

»Auja«, freute sich Matilda. »Das wird gut. Danach muß ich nämlich sechs Wochen an einem Stück arbeiten. Kellnern bei Nino's im Straßencafé, jeden Tag anderthalb Schichten. Und von dem Geld wollte ich im September in die Toskana fahren und meine Mutter besuchen. Ich habe sie jetzt ein ganzes Jahr nicht mehr gesehen.«

»Ich bleibe vielleicht die ganzen drei Monate oben in Kiel«, überlegte Caroline. »Da habe ich wenigstens meine Ruhe. Hier kommt man ja zu nichts. Ständig ist jemand unglücklich verliebt oder schwanger oder so was. Das zehrt auf die Dauer zu sehr an meinen Nerven!«

»An meinen auch«, stimmte Matilda ernsthaft zu, aber da lachte Caroline so sehr, daß das Knäckebrot wieder aus ihr herauskrümelte.

15

In den nächsten Tagen hörten sie auf, Franziska ständig mit der gleichen Frage zu löchern. Sie sahen ohnehin an ihrem Gesicht, daß es keine guten Neuigkeiten gab und es besser war, sie überhaupt nicht anzusprechen.

Es wurde Donnerstag, bis Caroline es schließlich wagte, das Thema noch einmal anzuschneiden. Sie fand die Gelegenheit günstig, da Matilda noch schlief. Sie mußte erst am Nachmittag zur Musikhochschule, und Caroline und Franziska waren ganz allein in der Küche.

»Hör mal, Franzi, hast du mittlerweile wenigstens mal mit Cornelius gesprochen?« fragte Caroline sehr vorsichtig.

»Nein«, antwortete Franziska.

Caroline seufzte. »Ich denke nur, es würde dir vielleicht helfen«, meinte sie. »Cornelius ist so ein lieber Kerl. Sicher bringt er Ordnung in dieses Chaos.«

»Ja, sicher«, sagte Franziska. »Aber vielleicht will ich diese Art von Ordnung gar nicht.«

»Ja, aber, *was willst du denn*?« fragte Caroline.

»Ich weiß es nicht«, sagte Franziska. »Vielleicht tot sein oder so.«

»Ach, Franzi. Keiner kann dir helfen, solange du nicht weißt, welchen von beiden Typen du willst.«

Franziska seufzte. »Wenn es nur das wäre, dann hätte ich kein Problem.«

»Ich weiß«, sagte Caroline. »Aber wenn du dich entscheiden würdest, hättest du den ersten Schritt zur Lösung des Gesamtproblems getan, glaub mir.«

»Vielleicht«, stimmte Franziska zu. »Heute spreche ich jedenfalls mit Jan darüber. Nachher weiß ich möglicherweise mehr.«

»Das ist gut«, fand Caroline und daß es an der Zeit war, das Thema zu wechseln. »Ich habe im übrigen heute auch eine Verabredung.«

»Wie schön«, sagte Franziska. »Mit wem?«

»Er heißt Johannes«, erklärte Caroline. »Er studiert im

siebten Semester Psychologie, und er will mir bei meinem Referat helfen.«

»Wie romantisch«, sagte Franziska wenig begeistert.

»Ich wünschte, ich würde mich in ihn verlieben«, vertraute ihr Caroline an. »Ich hab's nämlich langsam satt, immer nur außen zu stehen, wenn ihr über Männer redet.«

Franziska lächelte schwach. »Bei mir ist es genau umgekehrt«, sagte sie. »Wenn ich aus diesem Schlamassel jemals herauskommen sollte, dann will ich mit Männern nie mehr was zu tun haben.«

»Jedenfalls werde ich nicht nein sagen, wenn Johannes mehr von mir will«, kündigte Caroline an. »Matilda hat gesagt, wenn man darauf wartet, daß man sich *vor* dem ersten Kuß verliebt, dann wird man niemals geküßt Also werde ich mich erst küssen lassen und *dann* verlieben. Matilda sagt, das sei durchaus der normale Weg.«

»Matilda sagt, Matilda sagt«, wiederholte Franziska. »Die ist auch nicht gerade eine Fachfrau auf diesem Gebiet.«

Das Telefon klingelte.

»Ich bin schon weg«, erklärte Franziska und stand eilig vom Frühstückstisch auf.

Caroline hob den Hörer ab. »Frau Sommer, oh, guten Morgen. Nein, Franziska ist schon weg. Sie hat Seminar.«

Franziska nickte heftig und fuchtelte mit der Hand in der Luft herum.

»Was?« fragte Caroline in den Hörer. »Nein, natürlich geht es ihr gut. Sie haben geträumt, Franziska sei in Schwierigkeiten?« Sie sah bedeutungsvoll zu Franziska hinüber, die fieberhaft nach ihrem Rucksack suchte. »Oh, solche Träume bedeuten nichts. Sie kennen doch Franziska, wie vernünftig sie ist und wie umsichtig.«

Caroline bekam wieder hektische Flecken im Gesicht. Franziska klopfte ihr beruhigend auf die Schulter.

»Nein, alles in Ordnung, wirklich, Frau Sommer«, log Caroline durchs Telefon. »Ich habe letztens auch geträumt, ich würde durch die Klausur fallen. Aber ich habe sie bestanden. Sogar mit Eins. Ich meine, solchen Träumen kann man wirklich keine Bedeutung beimessen.«

Franziska grinste sie beifällig an und schlich auf Zehenspitzen zur Tür.

»Ganz bestimmt, ich werde ihr Bescheid sagen«, versprach Caroline in den Hörer. »Sie wird sie zurückrufen, wenn sie wieder da ist. Aber heute kommt sie spät, das weiß ich zufällig. Ist morgen früh genug?«

Franziska winkte ihr ein letztes Mal zu, zog die Tür hinter sich ins Schloß und war verschwunden.

»Sie wollen vorbeikommen, Frau Sommer?« rief Caroline, so laut sie konnte.

Aber Franziska hörte es nicht mehr.

»Na ja, ich weiß nicht, ja, morgen nachmittag müßte sie da sein«, sagte Caroline unglücklich. »Sie kommt meistens gegen drei. Ich werde ihr einen Zettel hinlegen. Sie müssen sich wirklich keine Sorgen machen.«

Verstört legte sie den Hörer auf. »Scheiße«, murmelte sie. »Obwohl – besser jetzt als in sechs Monaten.«

»Sprichst du mit dir selber?« fragte Matilda, die barfuß und im Schlaf-T-Shirt aus ihrem Zimmer kam. »Du hast wieder diese roten Flecken im Gesicht.«

»Das war Franziska Mutter«, erklärte ihr Caroline. »Sie will morgen vorbeikommen. Weil sie geträumt hat, daß Franziska Probleme hat.«

»Das nennt man mütterliche Intuition«, kicherte Matilda. »Aber keine Sorge. Morgen sieht man ja noch nichts. Wenn überhaupt, dann sagt Franziska ihren Eltern erst Bescheid, wenn sie bereits Großeltern geworden sind. Wie ich Onkel Karl-Heinz kenne, wird er daraufhin alle beide in Frage kommenden Kindsväter verklagen. Und Franziska bekommt Hausarrest bis zwei Tage nach ihrem Tod.«

Caroline krakelte die Neuigkeit auf einen Zettel, den sie für Franziska unter das Telefon legte. »Ich muß mich auch beeilen«, sagte sie. »Nach der Uni treffe ich mich mit Johannes.«

»Oh«, machte Matilda. »Ist das der Typ, mit dem du immer diese wahnsinnig aufregenden Rendezvous in der Mensa hast?«

»Ja«, sagte Caroline. »Aber heute gehen wir richtig aus. Abends. Er ist echt süß. Ich wünschte, ich würde mich in ihn verlieben.«

»Man kann sich auch amüsieren, wenn man nicht verliebt ist«, behauptete Matilda. »Sogar besser.«

»Ich nicht«, seufzte Caroline. »Das dumme ist nur, daß ich mich, wenn überhaupt, dann immer nur in den Falschen verliebe.«

»Und dieser Johannes wäre der Richtige?«

»Irgendwie schon.«

»Ich weiß nicht«, meinte Matilda. »So ein Bücherwurm ist doch nichts für dich. Du brauchst jemanden, der dich so richtig mitreißt und dir überhaupt keine Zeit zum Nachdenken gibt.«

»Du meinst, jemanden mit Jaguar und altem Familienschmuck?«

»Nicht unbedingt«, meinte Matilda.

»Du kennst Johannes doch überhaupt nicht«, sagte Caroline. »Er ist echt süß. Sieht gut aus, ist intelligent und sehr unterhaltsam. Was meinst du, was Peter und Paul und so weiter, also deine drei Kerle haben, was Johannes nicht hat?«

»Du denkst an Peter, Claudius und René?« Matilda überlegte einen Augenblick. »Na ja«, meinte sie dann. »Allein schon die Tatsache, daß dieser Johannes sich für dich interessiert, macht ihn irgendwie verdächtig langweilig.«

Caroline warf ihre roten Locken in den Nacken. »Du eingebildete Gans«, sagte sie.

16

Jeden Donnerstagnachmittag von vier bis sieben gab Franziska Jazz-Dance-Unterricht in einem Lady-Fitneß-Studio in der Innenstadt. Normalerweise war sie mit Feuereifer bei der Sache.

Heute nicht.

Dauernd mußte sie daran denken, was passierte, wenn sie Jan und Cornelius die Wahrheit sagte. Möglicherweise würde Jan ja sofort ihre Beziehung beenden und das Armband zurückverlangen, wenn er hörte, daß sie schwanger war. Und das vielleicht sogar von einem anderen. Konnte man ja nicht wissen.

Sie seufzte. Immerhin würde er ihr damit die Entscheidung abnehmen. Und Cornelius mußte ja nicht unbedingt erfahren, daß das Baby nicht seins war. Er würde ein bißchen erschrecken, sie dann aber in seine Arme schließen und sofort nach einer Drei-Zimmer-Wohnung Ausschau halten.

Wenn Jan mit ihr Schluß machte, hatte sie nur noch ein großes Problem, und das war das Baby selbst. In neunundfünfzig von sechzig Minuten fand sie die Vorstellung, tatsächlich schwanger zu sein, langsam runder und runder zu werden und schließlich ein echtes, schreiendes Kind zu bekommen, grauenhaft. Sie sah sich mit breiten Hüften und Schwangerschaftsstreifen einen versifften Second-Hand-Kinderwagen durch die Stadt schieben, während alle anderen ihr Studium abschlossen und Karriere machten. Kein Mann fände sie mehr attraktiv, und das Kind würde natürlich Tag und Nacht schreien, wie Kinder das eben tun, die nur aus Versehen auf die Welt gekommen sind. Irgendwann hörte es schließlich auf zu schreien und fragte sie, wer sein Vater sei. Und sie wüßte keine Antwort.

Aber in immerhin einer von sechzig Minuten hatte diese Vorstellung auch eine schöne Seite. Wie Caroline gesagt hatte, es würde schon irgendwie gehen. Franziska mochte Babys, und ihr Baby würde ein besonders süßes, flaumiges Köpfchen haben, das es an ihre Schulter legen würde, wenn sie es herumtrüge und dazu sanfte Wiegenlieder summte. Ein Bettchen mit blau-weiß-gestreiften Kissen, eine Wickelkommode und lauter Teddybären zum Knuddeln würden die Wohnung nur noch vervollkommnen. Viele ganz schmalhüftige Studentinnen machten ihren Abschluß *und* hatten ein Kind, und die meisten davon nicht mal einen Vater dazu. Baby hingegen hatte sogar zwei. Der eine würde lange Spazierfahrten im Jaguar mit Baby unternehmen und Picknicks im Park. Baby würde früh lernen, ein Fischmesser von einem Fleischmesser zu unterscheiden und seine Bestellung korrekt von der französischsprachigen Speisekarte ablesen. Der andere Vater würde ihm Schwimmen und Wasserballspielen beibringen und moralische Grundwerte vermitteln, wie: Du sollst dich immer nur mit einem Menschen einlassen und ewig treu bleiben, sonst ergeht es dir wie deiner Mutter. Benedikt und Ollie würden sie und Baby in eine preisgekrönte Mutter-Kind-Kollektion kleiden, und wenn Baby früh heiraten würde, wäre Franziska die schönste und jüngste Brautmutter der Geschichte. Vorausgesetzt, Baby war ein Mädchen.

Eigentlich war das alles gar nicht so kompliziert.

Aber wenn die Minute um war, war es das eben doch. Saumäßig kompliziert.

Und wenn sie gar nicht schwanger war? Vielleicht sollte sie doch noch mal einen Test machen. Vielleicht waren ja doch nicht beide Felder blau gewesen, und wenn, dann konnte es immerhin noch ein Irrtum sein. Ein Fehler im System. Obwohl, heute waren es genau neun Tage über die Zeit, und neun Tage sprachen eigentlich eine deutliche Sprache. Nein, das System hatte keine Fehler.

Franziskas Augen glitten über ihre tanzende Truppe. »Die Hüften *isolieren*, Petra«, sagte sie. »Nicht mit dem ganzen Körper rühren. Ja, so ist es viel besser.«

Petra mühte sich wirklich redlich. Sie wog etwa neunzig Kilo, und ihre Hüften hatten einen Umfang von weit über einem Meter. Trotz Jazz-Dance. Aber Petra schien das nicht weiter zu stören. Sie war eine wahre Frohnatur. Als zwei andere Kursteilnehmerinnen ihr neulich einen Diätbrei empfahlen, hatte sie nur gelacht.

»Ich hatte auch mal so schmale Hüften wie die Franziska«, hatte sie gesagt. »Aber das war, bevor ich meine Zwillinge bekommen habe.«

Franziska erinnerte sich mit Schaudern daran. Zwillinge! Das wäre ja überhaupt das Allerschlimmste. Gleich zwei – und ein Hüftumfang von einem Meter fünfzig. Sie sah auf die Uhr. »Schluß für heute«, rief sie, und in diesem Augenblick sah sie Jan an der Tür stehen.

Braungebrannt, in Jeans, Edel-T-Shirt und Sakko, die Sonnenbrille unheimlich lässig im blonden Haar plaziert. Er lächelte zu ihr herüber. Die Frauen aus der Gruppe gingen nur sehr langsam an ihm vorbei, aber er schenkte ihnen nicht mal einen Blick.

Franziska schaltete die Musikanlage aus. Es half alles nichts, sie würde mit ihm reden müssen. Am besten jetzt gleich und bevor sie sich wieder in den Armen liegen würden.

»Ich muß mit dir reden«, sagte sie also zur Begrüßung höchst unromantisch.

Es *mußte* sein! Caroline wäre stolz auf sie gewesen.

Aber Jan lächelte nur noch intensiver und küßte sie auf den Hals. »Ich habe dich so vermißt«, flüsterte er in ihr Ohr. »Laß uns sofort losfahren. Unser Zimmer ist vorbestellt – und eine Flasche Champagner wartet auf uns.«

Franziska warf alle guten Vorsätze über den Haufen. Was machte es schon für einen Unterschied, ob sie jetzt mit ihm sprach oder gleich oder in zwei Wochen? Die guten Tage waren sowieso gezählt.

»Gut«, flüsterte sie zurück.

Auf dem Weg zum Auto nahm Jan ihre Hand. »Und worüber wolltest du mit mir reden?«

»Ach, das hat Zeit«, antwortete Franziska.

17

Franziska starrte mit großen Augen an die Hotelzimmerdecke. Die sah weiß und glatt aus wie immer, als wäre nie etwas geschehen.

Es war überhaupt alles gewesen wie immer. Die rasche Fahrt zum Hotel, das schon vertraute Zimmer mit der Nummer 311, ein Glas Champagner davor, eines danach, und jetzt rauschte nebenan die Dusche.

Und trotzdem war es auch irgendwie anders. Der Portier zum Beispiel hatte so komisch geguckt. So, als ob er wüßte, was sie hier oben taten. *Sicher* wußte er es. Sie hatte ganz deutlich Verachtung in seinem Blick gelesen. Das Zimmermädchen hatte den gleichen Blick gehabt. *Alle* wußten es. Ein Hotelzimmer zu mieten für eine Nacht, ohne Gepäck, und dann blieb man nur für ein paar Stunden! Das war doch sonnenklar für jedermann, was sie hier taten. Caroline hatte recht, irgendwie war es schäbig.

Franziska zog sich die Bettdecke über die Schultern. Vielleicht war Jan das alles nicht mal wert. Obwohl es ja nicht seine Schuld war. Schließlich war sie diejenige, die die Sache geheimhalten wollte.

Jan kam in Unterhosen aus dem Bad. Es waren Designerunterhosen, das Stück für mindestens hundert Mark. »Du liegst ja noch im Bett«, stellte er fest und begann, sich vor dem großen Spiegel an der Wand anzuziehen. »Ich dachte, wir gehen jetzt essen.«

»Ja«, sagte Franziska, machte aber keinerlei Anstalten aufzustehen. »Und wenn ich jetzt schwanger wäre?«

»Was?«

Franziska setzte sich auf. »Stell dir vor, ich wäre schwanger«, sagte sie aufgeregt.

»Aber du nimmst doch die Pille«, sagte Jan.

»Ja sicher«, antwortete Franziska schnell. »Es ist ja auch nur rein hypothetisch. Was würdest du tun?«

Jan stopfte sich vor dem Spiegel das Designer-T-Shirt in die Designerjeans. »Ich meine, das wäre deine Sache«, sagte er.

»Wie meinst du das?«

»Also, ich meine, wenn du schwanger würdest, müßtest du entscheiden, ob du jetzt Bock auf ein Kind hättest oder nicht.«

»Und wenn nicht?« fragte Franziska.

»Na, dann würdest du eben abtreiben«, meinte Jan. »Ich denke, das wär' auch völlig in Ordnung in deinem Alter.«

Franziska sah ihn gespannt an. »Und *du*? Was würdest *du* dazu sagen?«

Jan drehte sich zu ihr um. »Du, ich würde dich natürlich nicht hängenlassen. Egal, wie du dich entscheiden würdest, ich würde zu dir stehen, das ist doch klar.«

»Egal, wie ich mich entscheiden würde?«

»Sicher«, sagte Jan. »Schließlich wäre das deine Entscheidung, weil es dein Kind und dein Körper ist, aber auf mich zählen könntest du in jedem Fall. Auch wenn das jetzt nur hypothetisch ist.«

Franziska schwieg beeindruckt.

Jan gab immer die richtige Antwort. Auch wenn das jetzt nur hypothetisch war. Es war trotzdem genau wie in Franziskas Lieblingsgeschichte, die ihr Vater ihr immer vorgelesen hatte, als sie klein war. Vom schönen Ritter

Gawein aus König Artus' Tafelrunde und der häßlichen Alten.

Franziska streckte sich nachdenklich auf dem Hotelbett aus, während sie sich daran erinnerte. Das Buch war mit sehr eindrucksvollen Bildern versehen gewesen, und der schöne Gawein hatte Jan nicht unähnlich gesehen. Und auch sonst waren sie irgendwie seelenverwandt. In der Geschichte war Artus einem bösen schwarzen Ritter begegnet, der ihn und Camelot zu vernichten drohte, wenn er nicht die Antwort auf die folgende Frage fände: »Was begehren die Frauen auf dieser Welt am meisten?«

Artus fragte wie besessen im ganzen Königreich herum, aber kein Mann und keine Frau konnte ihm die Antwort auf diese Frage geben. Nur eine ganz abscheuliche alte Frau wußte sie. In Franziskas Märchenbuch war sie so ungeheuer abstoßend gezeichnet, daß man sie nur unter wohligem Schaudern betrachten konnte.

Die häßliche Alte wollte König Artus die Antwort auf die Frage des schwarzen Ritters aber nur geben, wenn einer seiner Leute sie zur Frau nehmen würde. Und obwohl sie so grauenhaft häßlich war, opferte sich der edle Gawein dafür, um seinen König und das Reich zu retten. Die häßliche Alte sagte daraufhin dem König des Rätsels Lösung, und der schwarze Ritter mußte unverrichteterdinge wieder abziehen.

»Freiheit und Unabhängigkeit, das ist es, was die Frauen auf der Welt am meisten begehren«, lautete die Antwort, was, wie Franziska fand, in die heutige Zeit übersetzt ungefähr hieß: »Wenn du schwanger bist, mußt du selber entscheiden, ob du das Kind haben möchtest oder eine Abtreibung wünschst. Ich stehe auf jeden Fall zu dir.«

Als die häßliche Alte sich in der Hochzeitsnacht in eine wunderschöne Prinzessin verwandelte, war der Janähnliche Gawein natürlich entzückt. Genau so eine schöne Prinzessin hatte er auch verdient.

Die Sache hatte allerdings noch einen Haken: Die Prinzessin konnte nämlich nur entweder nachts ihre schöne Gestalt haben und mußte dafür tagsüber als häßliche Alte umherlaufen oder umgekehrt. Sie fragte Gawein, was er denn lieber wolle, eine schöne Frau des Nachts, dafür eine häßliche am Tag, oder eine schöne Frau am Tag und die häßliche bei Nacht. Gawein wußte zuerst nicht recht, was er sagen sollte, fand aber dann doch die richtige Antwort, genau wie Jan eben.

Er sagte: »Das mußt du selber entscheiden. Ich stehe auf jeden Fall hinter deiner Entscheidung.«

Und weil die Antwort richtig war, hatte er die arme Prinzessin damit für immer von ihrem Fluch befreit.

Franziska seufzte. Jan sah nicht nur aus wie ein Märchenprinz, er gab auch genau die gleichen Antworten. Nur dumm, daß die Prinzessinnen im Märchen nie schwanger sind, und das auch noch von zwei verschiedenen Prinzen! Obwohl Franziska nicht so weit gehen wollte, Cornelius als einen Prinz zu bezeichnen. *Er* hatte ja auch nicht die richtige Antwort gegeben. Der nicht.

»Eine Abtreibung käme überhaupt nicht in Frage«, hatte er gesagt, und kein einziges Wort von freier Entscheidung.

Wenn Jan ein Prinz war, war Cornelius allenfalls ein popeliger Ritter oder ein Kaufmann.

»Kennst du das Märchen von Gawein und der häßlichen Alten?« fragte sie.

Jan fuhr sich vor dem Spiegel ein paarmal durch sein

blondes Haar, bis es so lässig und edel fiel, wie bei dem Typ für diese Rasierwasserwerbung. Oder beim edlen Ritter Gawein aus Franziskas Märchenbuch.

»Nein, kenne ich nicht«, sagte er. »Hey, du liegst ja immer noch im Bett. Möchtest du nackt zum Essen gehen?«

»Das war mein Lieblingsbuch, als ich klein war«, sagte Franziska. »Und der Gawein in dem Buch, der sah genauso aus wie du.«

Jan drehte sich zu ihr um. »Wohin möchtest du gehen? Zu Chez Margaux? Oder sollen wir hier im Hotelrestaurant essen? Die haben auch keine üble Küche.«

Franziska schaute träumerisch zur Decke. »Am liebsten würde ich hierbleiben«, sagte sie. »Die ganze Nacht. Mit dir. Ich habe gar keinen Hunger. Und mir ist nicht danach, unter fremden Menschen zu sein.«

Jan lachte. »Ich habe Hunger wie ein Bär«, sagte er. »Und ich will mich auch gern mit so einer süßen Frau an meiner Seite zeigen. Also komm, und steh auf.«

Franziska strahlte ihn an. Was für wunderschöne Sachen er immer sagte! Bei jedem anderen hätte das kitschig geklungen. Oder arrogant. Aber Jan war eben ein echter Märchenprinz. Der konnte sagen, was er wollte, es klang immer toll.

Sie beschloß, den Rest des Abends einfach nur zu genießen und kein Wort mehr über hypothetische oder echte Schwangerschaften zu verlieren. Sie wußte ja jetzt auch seine Antwort. Wenn sie auch nicht unbedingt die Lösung ihrer Probleme darstellte, so war es immerhin eine Antwort, die alle Lösungen zuließ.

»Komm, Prinzessin«, sagte der Prinz, und die Prinzessin beeilte sich, ihr Kleid zuzuknöpfen.

18

Caroline ließ sich von Johannes mit dem Auto nach Hause bringen. Die U-Bahn war ihr um diese Zeit nicht geheuer.

Johannes freute sich darüber. Er hatte eine alte, bunt bemalte Ente, die sich wunderbar in die Kurven legen konnte.

»Das ist noch mein erstes Auto«, erklärte er stolz. »Um sie zu kaufen, habe ich sechs Wochen in einer Fabrik Kakaopulver abgefüllt und noch Monate später nach Vanille gerochen. Ich habe meine Ente auch selber bemalt.«

Caroline lachte. »Ich habe erst vor ein paar Monaten meinen Führerschein gemacht«, vertraute sie ihm an. »Aber da keiner von uns ein Auto hat, konnte ich danach nicht mal mehr üben. Sicher habe ich es wieder verlernt.«

»Sicher nicht«, widersprach Johannes und parkte den Wagen mit Schwung an der Bordsteinkante. »Möchtest du mal fahren?«

»Lieber nicht«, wehrte Caroline ab. »Das ist so eine komische Schaltung.«

»Das ist ganz leicht«, behauptete Johannes. »Los, komm, es gibt doch kaum Verkehr um diese Zeit.«

Caroline schüttelte den Kopf. »Ich hätte Angst, was kaputtzumachen.«

Johannes machte ein enttäuschtes Gesicht.

Ich Spielverderber, dachte Caroline beschämt und äffte sich in Gedanken selber nach: Nein, das kann ich nicht! Nein, ich habe Angst! Bestimmt mache ich was kaputt! Wenn ich so weitermache, werde ich alt und grau sein, bevor ich mal ein bißchen Spaß im Leben hatte.

»Also gut«, sagte sie nach einer Weile zu Johannes. »Ich versuch's mal. Aber du darfst nicht böse sein, wenn ich deine Ente gegen eine Straßenlaterne setze.«

»Bestimmt nicht«, beteuerte Johannes. »Es würde mich freuen.«

Sie lachten beide und versuchten, die Plätze zu tauschen, ohne dabei auszusteigen. Das war ein etwas kompliziertes Unterfangen, bei welchem sie automatisch Körperkontakt aufnahmen. Als ihre Gesichter nur noch fingerbreit voneinander entfernt waren und Caroline beinahe auf dem Fahrersitz saß, konnten sie sich plötzlich beide nicht mehr rühren.

Für ein paar Sekunden starrten sie einander reglos in die Augen und hörten auch auf zu kichern.

Küß mich ruhig! dachte Caroline. Ich würde auch kein Spielverderber sein. Bestimmt nicht. Bitte küß mich doch!

Aber Johannes schien sich nicht so recht zu trauen. Nach ungefähr fünf Sekunden sagte er: »Die Handbremse sticht mir in die Niere.« Und da kicherte Caroline wieder und schob sich weiter auf den Fahrersitz.

Ohne Zwischenfälle fuhr sie die Ente bis in die Mozartstraße. Es war wirklich überhaupt nicht schwer, genau wie Johannes gesagt hatte.

»Du kannst es doch«, meinte er.

»Ja«, sagte Caroline und war selber ganz begeistert. Nur schade, daß er sie nicht geküßt hatte.

In der ganzen Straße war kein einziger Parkplatz frei und so stellte sie das Auto in zweiter Reihe ab, drehte den Schlüssel um und sah ihn erwartungsvoll an. *Jetzt* konnte er sie küssen. Na, los!

»Das war ein schöner Abend«, fand Johannes. »Ich denke, das sollten wir bald mal wiederholen.«

»Ja«, stimmte Caroline zu und sah ernst zu ihm auf.

Worauf wartete er denn?

»Wir sehen uns ja morgen bei der Werner in Kunstpsychologie«, sagte er. »Danach können wir zusammen in der Mensa essen gehen.«

»Morgen ist der letzte Tag. Danach sind Semesterferien«, erinnerte ihn Caroline und öffnete zögernd die Wagentüre, »Und dann bin ich vermutlich die ganze Zeit bei meinen Eltern oben in Kiel.«

Noch hast du die Möglichkeit, Mann! Du darfst mich küssen. Ich warte schon den ganzen Abend darauf, daß du das tust, merkst du das denn nicht? Ab morgen hast du drei Monate lang keine Gelegenheit mehr dazu. Wenn das kein Ansporn ist!

»Ja, wunderbar, oder? Drei Monate lang faulenzen und ausschlafen. Schlaf schön«, sagte Johannes fröhlich und machte keinerlei Anstalten, sie mit einem Abschiedskuß zu bedenken. Caroline stieg aus.

»Du auch«, sagte sie und schlürfte enttäuscht zur Haustür.

Irgend etwas stimmt mit mir nicht, dachte sie, während sie der davonfahrenden Ente hinterhersah. Ich könnte schwören, daß ich ihm gefalle, aber trotzdem hat er nicht mal *versucht*, mich zu küssen. Dabei hatten wir so viele gute Gelegenheiten. Ich muß Matilda fragen, was ich falsch gemacht habe.

Während sie nach dem Haustürschlüssel suchte und dabei betete, Herr Kleinschmidt und Zerberus mögen bereits im Tiefschlaf liegen, bremste ein weiteres Auto vor dem Haus. Es war ein glänzend polierter, dunkelgrüner

Jaguar, wie man unschwer an der silbernen Kühlerfigur erkennen konnte.

Aha, Jaguar-Jan brachte seine Geliebte nach Hause. Caroline blieb neugierig im Schatten des Hauseinganges stehen und wartete.

Leider sah sie nicht, was sich im Wageninnern abspielte. Erstens war es dunkel, und zweitens argwöhnte sie, daß die Scheiben zu allem Überfluß auch noch getönt waren. Aber sicher küßten die beiden sich, dachte Caroline neidisch. Das taten wohl *alle* – außer ihr.

Schließlich öffnete Franziska die Beifahrertür.

»Ich ruf' dich an«, das war Jaguar-Jans Stimme aus dem Wageninnern. »Wenn ich wieder da bin.«

»Ich vermisse dich jetzt schon«, antwortete Franziska.

Auch kein besonders origineller Dialog, fand Caroline. Aber *die* hatten sich immerhin geküßt. Ganz zu schweigen von dem, was vorher im Hotelzimmer passiert sein mochte.

Jan gab Gas.

Caroline fand, daß es an der Zeit war, ihre Anwesenheit kundzugeben.

»Hallo«, sagte sie also aus dem Schatten heraus.

Franziska war zu Tode erschrocken. »Wer ist da?« rief sie.

»Bloß ich«, sagte Caroline mit Grabesstimme. »Dein schlechtes Gewissen.«

»Sehr witzig. Was machst du hier? Um diese Zeit?«

»Ich hatte auch ein Rendezvous«, sagte Caroline. »Stell dir mal vor.«

»Hast du den Schlüssel?«

Caroline schloß die Haustür auf. »Was sagt denn der Typ dazu, daß er Vater wird?«

»Er steht dazu«, antwortete Franziska. »Stell dir mal vor.«

»Was?«

»Ja«, sagte Franziska und tastete nach dem Lichtschalter für das Treppenhaus. »Er hat's ganz lässig aufgenommen.«

Caroline schaute sie ungläubig an. »Und jetzt?«

»Jan sagt, was zu tun ist, müßte ich letztendlich allein entscheiden. Schließlich sei es mein Körper. Aber er steht hinter mir, ganz gleich, wie ich mich entscheide«, sagte Franziska.

Das entsprach zwar nicht ganz der Wahrheit, aber sie war überzeugt, daß Jan genauso reagieren würde, wenn sie das Thema nicht nur hypothetisch, sondern ganz praktisch angesprochen hätte. Jan, ich bin schwanger, was soll ich tun? Oh, Franziska, das mußt du allein entscheiden, aber wie auch immer du dich entscheiden wirst, ich stehe zu dir.

»Das klingt gut«, sagte Caroline, wider Willen beeindruckt. »Ich hätte das nicht von dem gedacht.«

»Ich sage doch, du kennst ihn nicht«, sagte Franziska.

»Und Cornelius?« Caroline blieb auf der Treppe stehen. »Was machst du jetzt mit dem?«

Franziska ging an ihr vorbei. »Na ja, er hat eben die falsche Antwort gegeben.«

»Aha, das geht bei dir nach dem K.-o.-Verfahren?« rief Caroline empört. »Eine falsche Antwort, und der Kandidat scheidet ganz aus.«

»Cornelius hat gesagt, er will jetzt noch kein Kind«, sagte Franziska heftig. »Und dann hat er gesagt, wenn ich schwanger wäre, dürfte ich trotzdem auf keinen Fall abtreiben. Das ist doch der totale Widerspruch. Abgesehen davon, daß ich überhaupt kein Mitbestimmungsrecht hätte bei diesem Typ.«

»Ich dachte, du liebst *diesen* Typ?« rief Caroline empört.

»Aber er ist nicht die Lösung für meine Probleme, verstehst du das denn nicht?« brüllte Franziska zurück. »Jan läßt mir wenigstens freie Wahl.«

Irgendwo öffnete sich eine Tür.

»Ruhe«, schrie die Frau aus dem zweiten Stock. »Wissen Sie eigentlich, wie spät es ist?«

»Entschuldigung«, sagte Caroline höflich. »Wir haben nur eine kleine Auseinandersetzung, bei der man auf die Uhrzeit keine Rücksicht nehmen kann.«

»Dann nehmen Sie gefälligst auf mich Rücksicht«, verlangte die Frau.

Sie trug Lockenwickler im Haar und darüber ein hellgrünes Netz. Das Gesicht war mit weißer Fettcreme beschmiert. Alles in allem ein ziemlich grauenhafter Anblick. Franziska und Caroline beeilten sich, an ihr vorbeizukommen.

»Weiß Jan denn, daß das Baby möglicherweise gar nicht von ihm ist?« fragte Caroline in gedämpfterem Tonfall.

»Und wo Sie gerade da sind«, rief das Gespenst mit den Lockenwicklern hinter ihnen her, »Sie wären diese Woche dran gewesen, den Flur zu putzen. Ich habe die Fußmatten hochgehoben, und unter keiner war gekehrt. Wenn Sie morgen früh nicht putzen, werde ich mich beim Hauswirt beschweren.«

»Er weiß, daß ich noch mit Cornelius zusammen bin. Dann kann er sich ja auch denken, daß die Möglichkeit besteht, daß es Cornelius' Kind ist.«

»Aber darüber habt ihr nicht gesprochen?«

»Nicht direkt«, antwortete Franziska.

»Und was machst du jetzt?«

»Ich mache mit Cornelius Schluß.«

»Du machst einen großen Fehler«, meinte Caroline ernsthaft.

»Du kennst Jan gar nicht, du weißt nicht, wie wunderbar er ist. Kennst du das Märchen von Gawein und der häßlichen Alten?«

»Nein, aber ich kenne Jans Stimme«, sagte Caroline. »Und die war *unsympathisch*! Er ist nicht gut für dich, so was spürt man als Freundin. Glaub mir das.«

19

»Semesterferien«, seufzte Matilda dankbar. »Dreieinhalb Monate lang frei. Wenn ich auch manchmal am Sinn und Erfolg meines Studiums zweifle, zu Beginn der Semesterferien bin ich wieder ganz sicher, das Richtige zu tun.«

»Ich muß immerhin zwei Hausarbeiten schreiben«, erklärte Caroline. »Aber in Kiel habe ich ja Ruhe für so was. Und Papas Computer.«

Franziska warf ihren Rucksack mit Schwung in eine Ecke. »Ihr wollt mich also tatsächlich hier allein lassen?«

Caroline und Matilda sahen sich bedeutungsvoll an.

»Du kannst immer noch mitkommen«, sagte Caroline schnell. »Wir fahren ja erst am Sonntag.«

Franziska schüttelte den Kopf.

»Ich habe hier so vieles zu erledigen«, sagte sie. »Da führt nun mal kein Weg dran vorbei.«

»Der Termin beim Frauenarzt ist erst Montag in einer Woche«, sagte Matilda. »Ich bin bis dahin auch längst wieder hier, weil ich ja ab Sonntag bei Nino's arbeiten muß. Wir könnten zusammen zurückfahren.«

»Das geht nicht«, sagte Franziska ohne weitere Erklärung.

»Ich fahre auch nicht so gerne, wie du vielleicht denkst«, wandte Caroline ein. »Mit Johannes und mir, das wird langsam richtig ernst.«

»Tatsächlich?« spottete Matilda. »Wart ihr wieder in der Mensa essen?«

»Ja«, sagte Caroline. »Und dann hat er gefragt, ob ich in den Semesterferien mal Zeit hätte.«

»Sensationell«, sagte Matilda. »Ich höre schon die Hochzeitsglocken läuten.«

»Spotte du nur«, sagte Caroline. »Aber das mit Johannes und mir könnte schneller ernst werden, als du Peter, Paul oder wie sie auch alle heißen mögen ins Bett bekommst.«

»Peter, Claudius und René«, verbesserte Matilda. »Und die habe ich bereits alle schon ins Bett bekommen.«

»Natürlich«, sagte Caroline düster. »Natürlich.«

»Und was ist jetzt mit deinem Johannes?« fragte Franziska.

Carolines Gesicht hellte sich wieder auf. »Heute abend feiern wir noch mal Abschied in einem Restaurant, bei einem richtigen Essen mit Kerzenlicht.«

»Hattet ihr doch gestern schon«, sagte Franziska, »das Essen zu zweit.«

»Ja«, sagte Caroline. »Aber in *seiner* Lieblingskneipe.

Da war es zwar lecker, aber nicht unbedingt romantisch. Heute suche ich das Restaurant aus. Ehrlich, der Johannes ist echt nett. Und alles wäre perfekt, wenn ich mich nur endlich in ihn verlieben würde.«

»Ach, Caroline«, kicherte Matilda. »So wird das nie was. Bei dir kann man nur hoffen, daß der Trend zur Jungfräulichkeit im nächsten Jahrtausend anhält. Sonst bist du dann hoffnungslos out.«

Weil es an der Tür klingelte, wurde Caroline einer Antwort enthoben. Sie stand dankbar auf und öffnete die Tür.

»Huch!« schrie sie erschreckt.

Eine knisternde, weiße Wolke schob sich in den Flur. Dahinter kam Ollie.

»Ist das nicht super?« rief er und zeigte auf die weiße Wolke. Sie bestand aus mehreren hundert Mülltüten, die in vielen Schichten übereinandergenäht waren, ähnlich einem voluminösen Brautkleid aus Tüll. Oben schauten überraschend Benedikts Schultern und sein Kopf heraus.

»Irre!« schrie Matilda begeistert. »Es sieht aus wie eine Pariser Kreation.«

»Wenn es nicht so knistern würde«, fügte Caroline bewundernd hinzu, »dann würde man denken, es ist hauchdünne Seide im Perlmuttlook.«

»Fehlt nur noch der grüne Punkt«, sagte Franziska trocken.

Benedikt drehte sich ein paarmal um die eigene Achse, und Bolle in seiner Hand, der zu dem Kleid etwas fehl am Platz wirkte, quietschte begeistert.

»Ich hab's ja nicht für mich entworfen«, sagte Benedikt. »Eigentlich ist es für Matilda. Wenn sie sich traut, damit herumzulaufen.«

»Natürlich«, sagte Matilda beleidigt. »Es gibt nichts, was ich mich nicht traue.«

»Aber Benedikt würde das Kleid am liebsten behalten«, sagte Bolle. »Es steht ihm so gut!«

Ollie lachte. »Für dich habe ich auch was«, sagte er zu Franziska. »Eine Überraschung.«

»Franziska hatte genug Überraschungen in der letzten Zeit«, lachte Matilda. »Du kannst sie nicht aufheitern.«

»Das wollen wir doch mal sehen«, meinte Ollie und zog ein himmelblaues Stoffgebilde hinter seinem Rücken hervor.

»Tatatataaaa«, machte er. »Ladies und Gentlemen, ich präsentiere Ihnen das erste Stück der *Opossum*-Kollektion des international berühmt-berüchtigten Modeschöpfers Oliver Gereon.«

»Ein Zelt«, rief Matilda. »Ein blaues Zelt.«

»Kein Zelt«, empörte sich Ollie und hielt ihr das himmelblaue Stoffgebilde unter die Nase.

Es war ein tief ausgeschnittenes, sehr weites Kleid aus hauchdünnem Batist.

»Eine Robe, die jede Phase der Schwangerschaft mitmacht«, behauptete Ollie, »und zu jedem Anlaß paßt. Ich schenke sie dir, Franziska.«

»Danke«, sagte Franziska gerührt. »Auch wenn ich gar nicht schwanger sein will.«

»Soviel habe ich in den letzten Wochen gelernt«, sagte Benedikt. »Daß eine Schwangerschaft nicht vom Willen abhängt.«

»Setzt euch«, forderte Caroline sie auf. »Wir haben gerade über unsere Urlaubspläne gesprochen. Am Sonntag fahren Matilda und ich nach Kiel, um auf das Haus meiner Eltern aufzupassen.«

»Ihr habt ja auch drei Monate Semesterferien«, sagte Benedikt vorwurfsvoll. »Und wir nur sechs Wochen. Ist das vielleicht gerecht?«

»Und wir haben keine Kohle«, ergänzte Ollie. »Ich werde hierbleiben müssen, um für uns Geld zu verdienen. Weiß jemand nicht ein paar Jobs für mich?«

»Ich verdiene auch Geld. Eine Menge sogar. Die Resistenten Kakerlaken sind den ganzen August ausgebucht«, sagte Benedikt. »Jedes Wochenende Verlobung, Hochzeit, Sommerfest und Jubiläum vom Tennisverein. Aber zwei Wochen könnten wir schon Urlaub machen, Ollie.«

»Wenn wir das Geld dann schon hätten«, meinte Ollie. »Bis die Opossum-Kollektion einschlägt, kann es noch ein Weilchen dauern. Ich werde so lange Taxi fahren müssen. Aber nächstes Jahr machen wir den Mongolei-Trip, das schwöre ich.«

»Warum fahrt ihr nicht mit uns nach Kiel?« fragte Caroline. »Das ist zwar nicht die Mongolei, aber im Haus ist wirklich Platz genug. Wir könnten am Strand rumliegen und mit unserer Jolle auf der Ostsee segeln, wenn ihr Lust habt.«

»Nö«, sagte Ollie, »aber das wollte ich immer mal lernen.«

»Ich bringe es dir bei«, versprach Caroline. »Ich fänd's schön, wenn ihr mitkämt.«

Benedikt nickte. Er versuchte, sich mit dem Mülltütenkleid auf einen Stuhl zu setzen, was kein leichtes Unterfangen war.

»Das wäre schon super. Wir könnten sogar die Nähmaschinen mitnehmen. Und danach kannst du immer noch Taxi fahren, soviel du willst. Ich bin dann sowieso jeden Tag mit der Band unterwegs.«

»Fein«, sagte Matilda. »Dann ist es also abgemacht. Ihr kommt mit nach Kiel. Aber ihr müßt uns versprechen, die ganze Zeit Händchen zu halten, damit niemand denkt, ihr gehört zu uns, und sich deshalb nicht traut, uns anzusprechen.«

»Das wird sicher lustig«, meinte Caroline. »Wir kriegen jede Menge Spaß da, ihr werdet sehen.«

»Und ich?« fragte Franziska kläglich. »Ich soll hier ganz allein bleiben?«

»Du willst ja nicht mit«, sagte Caroline.

»Du hast hier Zeit und Ruhe, völlig ungestört mit Cornelius Schluß zu machen und diesen jungen, schönen, reichen und potenten Werbemanager zum Vater zu machen«, sagte Matilda boshaft.

»Willst du das Kind wirklich bekommen?« fragte Ollie.

Franziska lehnte sich müde in ihren Korbstuhl.

»Weiß nicht«, murmelte sie. »Das kommt darauf an, was Jan sagt, wenn er es erfährt.«

»Ich denke, der weiß es schon!« rief Caroline. »Und steht zu dir, ganz gleich, was du auch tust, irgendwie so.«

»Ja, das tut er auch«, behauptete Franziska. »Aber bisher hat er sich bloß hypothetisch dazu geäußert.«

»Ist doch nicht wahr«, schrie Caroline. »Du bist doch echt blöd! Gestern hast du mir gesagt, er hätte gesagt ...«

»Ja«, sagte Franziska. »Ich habe ihn gefragt, was er machen würde, wenn ich schwanger wäre, und er hat gesagt, er stünde zu mir. Ich habe nicht gelogen.«

»Hast du wohl«, ärgerte sich Caroline. »Und in der Theorie sind alle Wölfe Schafe.«

»Ist das ein Sprichwort?« wollte Ollie wissen.

»Es hat geklingelt«, warf Benedikt ein und erhob sich, um mit seinem Mülltütenkleid zur Tür zu rascheln.

»Du weißt also noch gar nicht, wie dieser Jan darauf reagiert, Vater zu werden, und hast trotzdem vor, mit Cornelius Schluß zu machen«, faßte Matilda zusammen.

Franziska nickte.

»Das nenne ich Leichtsinn!« rief Matilda.

»Ich habe beide mit der theoretischen Möglichkeit einer Schwangerschaft konfrontiert, und beide haben dazu Stellung bezogen«, verteidigte sich Franziska. »Was kann ich dafür, wenn mir Cornelius' Standpunkt nicht zusagt?«

»Nur so aus Interesse: Was hat denn Jan *genau* dazu gesagt?« erkundigte sich Ollie. »Theoretisch, meine ich.«

»Kennst du das Märchen von Gawein und der häßlichen Alten?« fragte Franziska.

Ollie schüttelte bedauernd den Kopf.

»Genauso hat Jan sich jedenfalls verhalten«, sagte Franziska. »Wie der edle Ritter Gawein in dem Märchen.«

»Mir ist schlecht«, sagte Caroline.

Benedikt kam zur Küchentür zurückgeraschelt.

»Besuch«, rief er.

Hinter ihm wurde eine elegante Dame in fliederfarbenem Kostüm sichtbar.

20

»Mama!« rief Franziska. »Was machst du denn hier?«

Ihre Mutter machte einen sehr irritierten Eindruck. Ohne den Blick von Benedikts leicht behaartem Dekolleté zu lösen, antwortete sie: »Ich habe mir Sorgen gemacht und wollte mich überzeugen, daß es dir gutgeht.«

»Ach, Tante Elsbeth«, rief Matilda. »Wie schön, daß du uns mal besuchen kommst.«

»Mir geht es gut«, sagte Franziska mit Grabesstimme.

Ihre Mutter schob sich mit gebührendem Abstand an Benedikt und den Mülltüten vorbei und gab Franziska einen Kuß. »Ich hatte doch angerufen«, erklärte sie. »Und meinen Besuch angekündigt.«

Caroline wurde auf der Stelle wieder rot gefleckt. »Ich hatte dir einen Zettel unter das Telefon gelegt«, murmelte sie. »Ich hab's total vergessen, sorry.«

»Schon gut«, meinte Franziska. »Mama, ich freue mich natürlich, daß du kommst, aber heute habe ich überhaupt keine Zeit für dich.«

»Ich bleibe ja auch gar nicht lange«, sagte die Mutter. »Dein Vater wartet unten im Auto auf mich. Er wollte nicht mit hochkommen, bevor du dich bei ihm nicht für dein Verhalten entschuldigt hast. Er hat dir immer noch nicht verziehen, daß du uns so mir nichts, dir nichts verlassen hast.«

»Welches Verhalten?« rief Franziska. »Wenn sich jemand entschuldigen muß, dann ist es Papa, und zwar bei mir.«

»Ach, Kind, du weißt doch wie dein Vater ist. Ich dachte, du nutzt die Gelegenheit und schaffst diese leidige Sache ein für allemal aus der Welt. Er macht sich genauso Sorgen um dich wie ich. Was meinst du, was für grauenhafte Alpträume ich in den letzten Wochen hatte! Jede Nacht. Dein Vater sagt, es ist kein Wunder, daß ich so was träume. Dir *kann* es gar nicht gutgehen in solchen Verhältnissen, sagt er. Wie die Gegend und das Haus schon aussehen, hat er gesagt, da wohnen sonst nur Hausbesetzer und Asylanten. Und ich muß sagen, du siehst wirklich blaß aus. Ganz und gar nicht gut!«

»Das kommt vom Lernen«, warf Ollie ein. »Franziska lernt und lernt.«

Franziskas Mutter schenkte ihm keine Beachtung. »Dein Vater sagt, zum Lernen braucht man eine vertraute Umgebung und echte Geborgenheit. Er muß es schließlich wissen, denn er hat ja selber studiert. Und das hier – ich weiß nicht, ob das die richtige Umgebung für dich ist! Wer kocht dir gesundes, ballaststoffreiches Essen? Und wer hat das Kleid gebügelt? Es hat Knitterfältchen am Ärmel, das macht einen ungepflegten Eindruck.«

»Das mache ich alles selber«, sagte Franziska. »Wir können hier alle für uns selber sorgen, Mama. Ich habe heute aber wirklich keine Zeit mehr, dir das näher zu erklären.«

»Und diese Wand!« fuhr die Mutter mißbilligend fort. »Die ist ja voller Flecken.«

»Das ist Absicht«, sagte Franziska.

»Soll ich dir den Rest der Wohnung zeigen, Tante Elsbeth?« erbot sich Matilda. »Sie wird dir gefallen!«

»Nein, heute nicht«, wehrte Franziskas Mutter ab. »Ich wollte mich nur rasch überzeugen, ob mit Franziska alles in Ordnung ist. Eine Mutter hat manchmal die schlimmsten Ahnungen. Und Franzi sieht wirklich blaß aus, findest du denn nicht?«

»Nein«, sagte Matilda.

»Doch«, sagte Franziskas Mutter. »Und überhaupt!«

Sie musterte noch einmal Benedikt und das Abendkleid. Benedikt hielt Bolle den Mund zu und setzte sich zurück auf seinen Stuhl. Dort schlug er kokett die Beine übereinander und zupfte die Mülltüten am Dekolleté in Form. Franziskas Mutter zog völlig indigniert die Augenbrauen hoch.

»Ich meine, du weißt, daß ich auf dem Standpunkt stehe, daß ihr jungen Leute eure Erfahrungen selber machen müßt, und ganz sicher ist es auch so, daß wir einer anderen Generation angehören und viele Dinge einfach nicht verstehen, aber ich kann mir nicht helfen: Das ist einfach nicht die richtige Umgebung für ein junges Mädchen. Da muß ich deinem Vater ausnahmsweise mal recht geben.«

»Das tust du doch immer«, sagte Franziska.

Die Mutter überhörte den Einwand geflissentlich. »Jetzt sag mir bitte ganz ehrlich, ob bei dir alles in Ordnung ist, Franzi«,sagte sie. »Sonst kann ich nicht beruhigt nach Hause fahren. Und das willst du doch sicher nicht.«

»Nein«, sagte Franziska

»Eine Mutter kann eben nicht aus ihrer Haut.« Die Mutter seufzte. »Das wirst du irgendwann auch verstehen. Also, ist wirklich alles in Ordnung mit dir?«

»Nein«, sagte Franziska.

»Nein was?«

»Nein, es ist nichts in Ordnung.«

»Soll ich dir nicht doch mal die Wohnung zeigen, Tante Elsbeth«, fragte Matilda. »Sie ist wirklich sehenswert.«

»Ich bin schwanger«, sagte Franziska.

»Was?«

»*Ich bin schwanger*!«

»Franziska macht einen Scherz, hahaha«, sagte Matilda hastig. »Einen sehr schlechten. Glaub ihr kein Wort, Tante Elsbeth.«

»Was sagst du da, Kind?«

»Ich bin schwanger, Mama«, wiederholte Franziska.

»Nein«, rief Matilda.

»O nein«, seufzte Franziskas Mutter. »Ich, wir, wie ... lieber Himmel, ich weiß gar nicht, was ich sagen soll.«

Caroline bot ihr einen Stuhl an. Die arme Frau hatte ja die gleichen Flecken im Gesicht wie sie. Aber sitzen wollte sie nicht.

»Schwanger! Ist das wirklich wahr?« fragte sie.

»Ja«, sagte Franziska.

Und Matilda schrie »Nein!«

»Wenn das wirklich wahr ist, dann frage ich dich, wie du uns so was antun kannst. Was wird dein Vater dazu sagen!«

»Was wird dein Vater dazu sagen? Ich wußte, daß du so reagieren würdest«, sagte Franziska. »Was wird dein Vater dazu sagen! Das ist immer das erste, woran du denkst.«

»Das ist nicht wahr. Ich denke zuerst an dich! *Immer*! Wer ist der Vater des Kindes?«

»Ich weiß es nicht«, sagte Franziska.

»Sie macht Witze! Hahaha«, rief Matilda.

Aber Franziskas Mutter schien das nicht recht zu glauben. Sie streckte den Zeigefinger anklagend in Ollies Richtung aus. »Haben *Sie* das meiner Tochter angetan?« rief sie.

Ollie schüttelte erschrocken den Kopf. »Nein«, beteuerte er. »Ich war's nicht.«

»Ich auch nicht«, sagte Benedikt.

Franziskas Mutter bedachte ihn mit einem abfälligen Blick. »Natürlich nicht.«

»Sie macht einen Witz!« wiederholte Matilda heiter.

Franziska seufzte. »Ich bin schwanger, mir geht es gut, und jetzt kannst du wieder nach Hause gehen, Mama.«

»Du sagst mir, daß du schwanger bist, und ich soll nach Hause gehen, als wäre alles in Ordnung? Was denkst du denn, wie ich das deinem Vater erklären soll?«

»Jetzt ist es aber gut«, rief Matilda verzweifelt. »Franziska hat das alles doch nur erfunden, Tante Elsbeth. Sie und schwanger! Und du glaubst das auch noch. Fällst auf so was herein, wo sie dich doch nur provozieren wollte.«

»Ist das wahr? Hast du das nur gesagt, um mich zu – zu kränken und zu ärgern.«

»Ja«, sagte Franziska. »Ich bin nur schwanger geworden, um dich zu ärgern und zu kränken. Natürlich.«

»Schluß jetzt!« rief Matilda. »Franziska, jetzt sagst du deiner Mutter auf der Stelle, daß du nur einen schlechten Witz gemacht hast.«

Franziska seufzte schwer.

»Ich habe nur einen schlechten Witz gemacht«, sagte sie genervt.

»Und daß es dir leid tut«, forderte Matilda.

»Es tut mir leid«, sagte Franziska.

»Na, also«, sagte Matilda.

»Mir so einen Schrecken einzujagen«, rief Franziskas Mutter aus. »Womit habe ich das verdient? Kannst du mir das mal verraten? Warum schließt du deinen Vater und mich aus deinem Leben aus und wohnst in so einem schrecklichen Loch zusammen mit so zwielichtigem Gesindel! Hast du nicht *immer* alles bekommen, was du haben wolltest?«

»Es tut mir leid«, leierte Franziska. »Es war ein schlechter Witz.«

»Andere Mütter haben so ein schönes Verhältnis zu ihren Kindern«, klagte die Mutter. »Nehmen wir nur mal die Frau Theodor, die kennst du doch auch. Die Rothaarige, die neben Merkenichs wohnt. Also, die hat so ein tolles Verhältnis zu ihrer Tochter. Die Sabine vertraut ihrer Mutter alles an. *Alles*. Wie der besten Freundin, sagt Frau Theodor. Was habe *ich* nur falsch gemacht?«

»Es tut mir leid, es war alles nur ein schlechter Witz«, sagte Franziska.

Matilda schaute verzweifelt aus dem Fenster.

»Onkel Karl-Heinz parkt im absoluten Halteverbot«, sagte sie. »Da kommen alle zehn Minuten Politessen vorbei. Wenn er nicht gleich wegfährt, bekommt er Ärger.«

»Ich gehe jetzt«, sagte Franziskas Mutter, und alle atmeten hörbar auf. »Nicht, daß ich jetzt beruhigt bin, nein, das mußt du wirklich nicht glauben. Aber ich möchte, daß du weißt, daß du jederzeit zu uns nach Hause kommen kannst, wenn du uns brauchst. Nicht wahr, Franzi, das weißt du doch?«

»Ja, es tut mir leid«, sagte Franziska. »Es war alles nur ein schlechter Witz.«

Maltilda zog ihre Tante zur Tür. »Franzi ist heute wirklich ekelhaft schlecht gelaunt«, sagte sie. »Da mußt du dir nichts bei denken.«

»Und das war alles nur ein böser Scherz? Franziska ist wirklich nicht schwanger?«

»Natürlich nicht«, sagte Matilda. »Sie hat ja nicht mal einen Freund.«

»Trotzden gefällt sie mir gar nicht. Sie ist so aggressiv.«

»Das liegt daran, daß sie heute mit Spülen dran ist«, meinte Matilda heiter und öffnete die Tür weit. »Du weißt doch, wie sie das Spülen haßt. Da ist sie immer den ganzen Tag schlecht gelaunt. Wenn ihr euch das nächste Mal seht, ist sie wieder ganz die alte, du wirst sehen.«

21

Das Haus von Carolines Eltern lag etwa zwanzig Minuten von der Kieler Innenstadt entfernt in einer sehr ruhigen Wohngegend mit großen Gärten und windschiefen Bäumen, die alle in dieselbe Richtung zeigten.

»Man kann das Meer zwar von hier nicht sehen, aber man kann es riechen«, sagte Caroline, als sie Ollies Wagen in der Einfahrt geparkt hatten, und sie stieg aus und atmete tief ein und aus. »Wißt ihr«, meinte sie glücklich, »diese Luft ist das einzige, was mir in Köln wirklich fehlt.«

»Wo ist das Meer?« wollte Matilda wissen.

Caroline zeigte über die Mauer. »Dort entlang. Zu Fuß etwa fünf Minuten. Aber wenn wir etwas länger gehen, kommen wir in eine Badebucht, eine kleine, geheime, mit weichem Sandstrand. Da habe ich manchen Sommer ganz alleine rumgelegen. Am besten gehen wir sofort!«

»Ich glaube, das wird doch ein richtiger Urlaub. Auch wenn die Ostsee natürlich nicht das Mittelmeer ist«, sagte Matilda

»Ich finde es hier viel schöner«, meinte Caroline. »Jedenfalls, wenn das Wetter so bleibt.«

Benedikt lud die Nähmaschine aus dem Kofferraum. »Sollen wir nicht erst mal auspacken, bevor wir zum Strand gehen?«

»Benedikt haßt es, in der Sonne zu liegen«, sagte Ollie. »Er ist schon nach zehn Minuten krebsrot.«

»Er ist rothaarig wie ich«, erklärte Caroline. »Ich finde aber auch nichts öder, als in der Sonne rumzuliegen. Nur um braun zu werden, schwitzen sich die Leute halbtot, die Haut schmerzt, und außerdem kremen sie sich andauernd ein, damit sie nicht noch röter werden, als sie schon sind.«

»Und dann fühlt man sich wie ein paniertes Schnitzel«, ergänzte Matilda. »Wir gehen doch nicht an den Strand, um uns dort zu braten, Benedikt.«

»Sondern?«

»Um zu schwimmen und im Schatten zu relaxen oder Federball zu spielen oder so was.«

»Auf sportliche Betätigung steht er auch nicht so besonders«, erklärte Ollie.

Benedikt sah sich um. »Ich finde, der Garten sieht doch auch echt schön aus«, sagte er.

»Hinten ist eine große Terrasse und ein gemauerter Grill«, sagte Caroline. »Wenn meine Mutter ihr Versprechen gehalten und unsere Tiefkühltruhe bis an den Rand gefüllt hat, können wir jeden Abend grillen. Kommt, ich zeig' euch alles. Das Meer läuft uns nicht weg.«

»Außer, das Wetter ändert sich«, seufzte Matilda und beäugte mißtrauisch den blauen Himmel.

Aber das Wetter änderte sich nicht. Es blieb die ganzen nächsten Tage wunderschön warm und sonnig. Jeden Morgen wurden sie von der Sonne geweckt, und da die Schlafzimmer unter dem Dach lagen, war es schon vor neun viel zu heiß in den Betten. Daher gewöhnten sie sich an, schon früh zum Strand zu radeln oder zu joggen – außer Benedikt – und dort ausgiebig zu schwimmen und ein paar Minuten in der Sonne zu liegen. Wenn die Familien mit ihren Kindern, den Schwimmtieren, Strandmatten, Kühltaschen und Picknickkörben kamen, gingen sie schon wieder nach Hause.

»Deine geheime Bucht scheint inzwischen für den Tourismus erschlossen worden zu sein«, sagte Ollie zu Caroline.

Caroline seufzte. »Ja, nichts bleibt leider, wie es mal war.«

»Ich finde es im Garten sowieso schöner«, meinte Benedikt. »Nicht so sandig. Und nicht so heiß. Und nicht so laut. Und niemand schmeißt einem eine Frisbeescheibe an den Kopf.«

Tätsächlich hatte ihr Zusammenleben in dem großen Haus etwas sehr Idyllisches. Benedikt und Ollie hatten ihre Nähmaschine auf der Terrasse unter einem großen Sonnenschirm aufgestellt, und Benedikt nähte eifrig an einem Männerrock mit passendem Oberteil, während Ollie Skizzen für seine Opossum-Kollektion machte. Sie waren dabei sehr ausdauernd und fleißig, was den Mädchen nicht so leicht fiel. Caroline las zwar in ihren Psychologiebüchern und strich wichtige Passagen mit einem Textmarker an, und Matilda arbeitete ebenfalls täglich an einem Referat über Mozarts Variationskompositionen, aber länger als drei, vier Stunden am Tag konnten sie sich einfach nicht konzentrieren. Während Matilda nachmittags immer sehr träge wurde und am allerliebsten in einer Hängematte lag, die zwischen zwei dicken Birken aufgehängt worden war, erwachten in Caroline Tatendrang und Unternehmungsgeist.

»Wie wär's mit Joggen?« schlug sie beispielsweise vor.

»Wir haben achtundzwanzig Grad im Schatten«, sagte Benedikt. »Ist das eine Antwort auf deine Frage?«

»Wir könnten auch mit dem Rad in die Stadt fahren und ein Eis essen«, sagte Caroline. »Und bei der Gelegenheit sehen wir, ob was Gutes im Kino läuft.«

»Ich finde es sehr gemütlich hier«, erklärte Matilda und schaute einer dicken Hummel hinterher.

»Oder dann noch mal zum Strand. Ich glaube, jetzt sind höhere Wellen als heute morgen. Kommt jemand mit?«

Allgemeines Kopfschütteln.

»Also gut«, knurrte Caroline. »Allerdings sollten wir wenigstens mal was einkaufen gehen.«

»Da ist noch genug für heute in der Küche«, meinte Ollie. »Ich werde uns eine Reispfanne machen, vegetarisch, einverstanden?«

»O ja«, seufzten die anderen.

Ollie kochte wirklich großartig. Aber immer erst am Abend. Tagsüber versorgte sich jeder selbst mit dem, was da war. Und da Carolines Mutter gut vorgesorgt hatte, dauerte es eine Weile, bis sie die Vorräte aufgebraucht hatten.

Weil niemand etwas mit ihr unternehmen wollte, verbrachte Caroline die Nachmittage damit, im Garten zu arbeiten, den Rasen und die Beete zu sprengen, Unkraut zu jäten oder Sigmund, den Schildkröterich, auf seinen Spaziergängen zu begleiten.

Jeden Abend telefonierten sie mit Franziska zu Hause in Köln. Die Gespräche waren immer recht einsilbig.

»Gibt es was Neues?« fragten sie, und Franziska antwortete: »Nein. Jan ist eine Woche zum Segeln mit seiner Familie unterwegs, und Cornelius kommt erst am Donnerstag her.«

»Du hast also noch nicht mit ihm gesprochen?«

»Nö.«

»Und wie *geht* es dir so?«

»Wie immer, beschissen. Meine Mutter ruft jeden Tag

an und beschwört mich, ihr zu sagen, daß es mir gutgeht. Irgendwie scheint sie es immer noch nicht recht zu glauben.«

»Aber du hast ihr nichts gesagt?«

»Natürlich nicht. Sie stünden dann alle beide sofort vor der Tür, um mich an Händen und Füßen aus dem Haus zu tragen. Wie ist es denn bei euch?«

»Es ist ganz gut hier«, sagten sie dann lahm.

Irgendwie hatten sie das Gefühl, Franziska nicht den Mund damit wässerig machen zu dürfen, ihr zu erzählen, wie wunderbar es ihnen doch ging. Die Arme war gestraft genug.

»Und wann sprichst du mit Cornelius?«

»Sagte ich doch: Donnerstag.«

»Willst du es dir nicht noch mal überlegen?«

»Nein.«

»Na dann, mach's gut. Wir denken an dich.«

»Danke, sehr nett.«

Jedesmal, wenn sie den Hörer auflegten, blickte Caroline Matilda an und sagte: »Wir hätten sie nicht alleine lassen sollen.«

Und Matilda schüttelte den Kopf und sagte: »Samstag sind wir doch schon wieder da, und dann mindestens neun Monate lang.«

»Ja«, seufzte Caroline. »Aber der arme Cornelius tut mir irgendwie auch leid, dir nicht?«

Donnerstag war es endlich soweit. Die Vorräte in der Tiefkühltruhe und der Speisekammer waren zur Neige gegangen, und zum ersten Mal konnte Caroline die anderen überreden, ihre Lieblingsbeschäftigungen zu unterbrechen. Gemeinsam fuhren sie mit Ollies Auto einkaufen. Auf dem Rückweg bestand Caroline auf einem Umweg über den Yachthafen.

»Ihr habt mein Boot noch nicht mal gesehen«, sagte sie vorwurfsvoll. »Ich will euch ja gar nicht überreden, mit mir zu segeln, aber anschauen könnt ihr sie euch schon aus Höflichkeit.«

»Sie?« fragte Benedikt.

»Ja, Erna, mein Boot. Aber Boote sind immer weiblich. Das muß so sein!«

»Und wenn ich mein Boot nun gerne Heinz nennen würde oder Klaus-Dieter? Wäre das verboten?«

»Nein, überhaupt nicht. Aber es wäre dann *die* Heinz oder *die* Klaus-Dieter.«

Ollie, Matilda und Benedikt waren sehr beeindruckt von den vielen Segelbooten am Hafen.

»Ich möchte nicht wissen, was so ein Ding kostet.«

»Ich weiß es«, sagte Caroline. »Die kleine Bavaria da vorne bekommst du neu nicht unter dreihunderttausend Mark. Und die Hallberg da kostet sogar das Doppelte. Eine Hallberg ist sozusagen der Mercedes unter den Booten.«

»Wer kann sich so was leisten?« fragte Ollie.

»Stinkreiche Kerle, die nicht wissen, wohin mit dem Geld«, sagte Caroline. »Die meisten können nicht mal segeln. Die haben eine Yacht wie andere einen Wohnwagen, nur daß sie sie nicht bewegen.«

»Deswegen steht das Wort Zahnarzt ja auch immer in den Fachbüchern, in denen seglerische Fachbegriffe erklärt werden«, sagte Benedikt.

»Was hat ein Zahnarzt mit Segeln zu tun?«

»Nichts, außer daß Zahnärzte die einzigen sind, die sich eine Segelyacht leisten können. Hahaha.«

»Da sind wir«, sagte Caroline und zeigte stolz auf ein flaches, verschnürtes Boot, ganz zu Anfang eines Stegs. »Das ist meine Erna!«

»*Das*?« rief Ollie enttäuscht. »Ich denke, da kann man mit segeln?«

»Na hör mal, das kann man auch«, sagte Caroline empört. »Wir sind schon zu sechst drauf gesegelt. Von hier bis an die Schleimünde. Und wieder zurück.«

»Spinnst du? Das Ding hat ja nicht mal einen Mast!«

»Natürlich hat es einen. Er ist nur flach gelegt. Meine Erna hat eine Länge von fünf Meter fünfzig. Sie ist schon eine richtige Yacht. Aber davon habt ihr offensichtlich keine Ahnung.«

»Darf ich mal drauf gehen?« fragte Benedikt.

Caroline strahlte ihn dankbar an. »Natürlich«, sagte sie. »Wenn du möchtest, machen wir sie morgen seeklar und segeln eine Runde auf der Ostsee.«

»Sicher kann man sich gut darauf sonnen«, meinte Matilda. »Und die Leute beobachten, die auf die *richtigen* Boote gehören.«

»Ihr seid doof«, sagte Caroline, aber sie machte bereitwillig die Festmacher los, um das Boot näher an den Steg zu ziehen. Benedikt lief schwankend über das Deck.

»Tatsächlich«, sagte er. »Hier ist wirklich ein Mast. Und hier vorne die Ruderpinne, nehme ich an. Sollen wir nicht die ganze Abdeckung runtermachen? Dann sieht es mehr wie ein Boot aus.«

»Von mir aus«, sagte Caroline, aber Matilda fand, daß sich auf der Segeltuchauflage besser liegen ließe. Sie streckte sich vorne am Bug aus und verharrte in der Sonne wie eine Eidechse. »Wunderbar! Es schwankt so schön, genau wie die Hängematte zu Hause.«

Caroline und Benedikt setzten sich neben sie.

»Hey, ihr«, rief Ollie vom Steg. »Was ist mit unseren Einkäufen? Habt ihr vergessen, daß wir ziemlich viel für die Tiefkühltruhe eingekauft haben? Im Kofferraum wird es nicht nur auftauen, sondern gleich gebraten.«

»Das stimmt schon«, sagte Caroline. »Blöd, wo wir doch jetzt gerade mal hier sind! Sicher werde ich euch nie wieder aus dem Haus locken bis zu unserer Abreise! Und Erna und ich, wir haben uns so lange nicht gesehen.«

»Ich könnte das Zeug ja nach Hause bringen und einräumen und euch in einer halben Stunde wieder hier abholen«, erklärte sich Ollie bereit. »Wenn's genehm ist, wartet dann aber bitte auf dem Parkplatz!«

»Du bist ja so lieb«, sagte Matilda mit geschlossenen Augen.

»Finde ich auch«, murrte Ollie und machte sich auf den Heimweg.

Benedikt bestaunte die Yachten ringsrum. »Die Namen sind das Allerbeste«, fand er. »Sie lassen irgendwie tief blicken. Da vorne der dicke Brummer zum Beispiel heißt *Flocki*. An Bord sind zwei Pudel mit Schwimmwesten – jede Wette, einer davon heißt Flocki.«

»Das finde ich nicht so schlimm«, meinte Caroline. »Besser man nennt das Boot nach dem Hundevieh als nach der Alten. Zumal wenn sie *Elfriede* heißt, wie das Ding da vorne!«

»Oder *Erna*«, grinste Benedikt. »Heißt deine Mami so?«

»O nein«, sagte Caroline. »Du wirst es jetzt sicher nicht glauben, aber als ich klein war, wollte ich immer Erna heißen.«

Benedikt lachte. »Die kleinsten Beiboote haben die gewaltigsten Namen. Guck doch, die Suppenschüssel da vorne heißt *Titanic* und das lütte daneben *Koloß*!«

»Manche Schiffe haben auch romantische Namen«, sagte Matilda, die die Augen wieder geöffnet hatte. »*After Eight* oder *Sunny Afternoon* zum Beispiel. Und das wunderschöne, leuchtend blaue gegenüber heißt *Wahre Liebe*! Das ist doch wirklich mal ein schöner Name.«

»Mit schönen Menschen drauf«, sagte Caroline. »Diese blonde Giraffe in Hot Pants könnte eine Schwester von Claudia Schiffer sein.«

»Der Typ daneben ist sicher ihr Bruder. Auf Urlaub vom Internat. Einem, in dem Polo auf dem Lehrplan steht.«

»Aber hübsch ist er«, meinte Matilda. »Irgendwie durchtrainiert. Vielleicht hat er ja vorn nahem schon mehr Falten.«

»Na klar! Die Mutter sieht jedenfalls schon so alt aus wie Hannelore Kohl. Sie steht da, als hinge sie zum ersten Mal in ihrem Leben Wäsche an einer Reling auf.«

»Und da steigt der Papa auf den Steg. Sehr sportlich. Sieht aus wie Dr. Stinkmann aus der Schwarzwaldklinik. Sicher ist er auch im echten Leben Chefarzt. Siehst du, er geht zu dem dicken, fetten BMW-Sondermodell da vorne.«

Caroline kniff die Augen zusammen.

»Kölner Kennzeichen«, sagte sie. »Ein Nachbar sozusagen!«

Dr. Stinkmann öffnete den Kofferraum seines Sondermodells.

»Jan!« rief er zum Boot hinüber. »Kannst du doch mal mit anfassen? Ich fürchte, der Kasten ist doch zu schwer für mich!«

Der Internatszögling sprang leichtfüßig über die Reling auf den Steg. Gemeinsam mit seinem Vater schleppte er eine schwarze Kiste zurück.

»Sicher eine komplette Hifianlage oder so was« mutmaßte Benedikt, aber Caroline krallte ihre Finger in seinen Arm.

»Hast du *das* gehört?«

»Was denn?«

»Der Typ heißt *Jan*«, flüsterte sie. »Wie Franziskas Embryovater. Jaguar-Jan. *Das ist er*!«

22

»Hier ist es ja so still und ordentlich«, stellte Cornelius verwundert fest. »Ist etwas passiert?«

»Matilda und Caroline sind mit Ollie und Benedikt in Kiel. Sie hüten das Haus von Carolines Eltern«, erklärte Franziska. »Komm doch rein! Ich habe Erdbeeren mit Sahne. Wir könnten auf dem Balkon essen »

»Warum weiß ich denn nichts davon? Und warum bist du hier geblieben? Das sieht dir gar nicht ähnlich. Doch etwa nicht meinetwegen?«

»Wohl kaum«, sagte Franziska.

»Ich weiß, ich habe in letzter Zeit viel zu wenig Zeit für dich«, meinte Cornelius und nahm vorsichtig auf einem der beiden winzigen Klappstühle Platz, die zusammen mit einem Miniaturtischchen den ganzen Balkon beanspruchten. »Da haben wir nicht mal mehr die Gelegenheit, uns über alles zu informieren, was so passiert. Aber du bist auch immer so einsilbig am Telefon.«

»Deshalb bist du ja jetzt hier«, sagte Franziska. »Um informiert zu werden.«

Cornelius machte kein besonders besorgtes Gesicht. »Na, dann los«, sagte er.

Franziska aß eine Erdbeere mit den Fingern. »Wir müssen uns trennen«, sagte sie.

»Wie meinst du das?«

»So, wie es sich anhört«, erwiderte Franziska unbarmherzig. »Trennen, auseinandergehen, die Beziehung beenden – alles dasselbe.«

»Warum?« fragte Cornelius.

»Kaum eine Beziehung hält ewig. Irgendwann sind sie eben alle mal vorbei. Und unsere ist es eben heute.«

»Ja, das habe ich verstanden«, sagte Cornelius ernsthaft. »Aber es wäre sehr nett, wenn du mir die Gründe dafür darlegen würdest.«

»Willst du das wirklich wissen?« Irgendwie hatte Franziska gehofft, Cornelius würde einfach tief gekränkt aufstehen und die Wohnung verlassen. Die näheren Erklärungen hätte sie sich und ihm gerne erspart.

Aber Cornelius dachte nicht daran aufzustehen und zu gehen. Er machte ein sehr ärgerliches Gesicht. »Herrgott noch mal, Franziska, was soll das? Es ist dein gutes Recht, unsere Beziehung zu beenden, aber es ist nur fair, wenn du mir erklärst, warum du es tust!«

»Warum? Es wird dir sicher nicht gefallen.«

Vielleicht würde er wütend werden und gehen, wenn sie weiter so gemein blieb. Im Grunde tu' ich ihm damit einen Gefallen, sagte sich Franziska. Denn man verschmerzt eine Trennung viel besser, wenn man eine Stinkwut auf den anderen hat.

»Sei nicht so blöd, Franziska. Was paßt dir an mir nicht?«

»Eine ganze Menge«, sagte Franziska.

»Zum Beispiel?«

»Zum Beispiel, daß du nicht mal weißt, wie man Lamborghini ausspricht«, murmelte sie.

Cornelius machte ein verblüfftes Gesicht. »Es ist mir völlig egal, wie man Lamborghini ausspricht. Ich interessiere mich nicht für Autos. Und ich wußte nicht, daß du dich dafür interessierst.«

Franziska ärgerte sich über sich selbst. »Das ist es ja auch nicht«, rief sie. »Es ist die Art, wie du mich bevormundest. Du sagst einfach, ich müsse das und jenes tun, und damit basta. Nie läßt du mir eine eigene Entscheidung.«

»Sag ein Beispiel«, forderte Cornelius.

Franziska schwieg. Das einzige Beispiel, das sie nennen konnte, war die hypothetische Diskussion über ihre Schwangerschaft. Sonst fiel ihr beim besten Willen keine Situation ein, in der er sie bevormundet hatte.

»Das führt doch zu nichts«, sagte sie, wütend über ihre eigene Unsicherheit. »Ich möchte mit dir Schluß machen, und damit basta.«

»Du mußt keine Angst haben, daß ich versuchen werde, dich umzustimmen«, erwiderte Cornelius kühl. »Aber ohne Erklärung werde ich die Wohnung nicht verlassen.«

»Du findest nie einen Parkplatz«, klagte Franziska. »Und du hast mich noch nie zum Picknick bei Vollmond eingeladen.«

»Das sind natürlich Gründe«, entgegnete Cornelius sarkastisch. »Na, wunderbar, Franziska. Ich kenne dich ganz gut, und ich weiß, daß da etwas nicht stimmt. Also, sag endlich, was los ist.«

Franziska starrte ihn ärgerlich an. »Siehst du«, sagte sie. »Das ist es wieder. Da! Sag, was los ist! Ist das etwa keine Bevormundung?«

Cornelius häufte sich Sahne auf seine Erdbeeren. »Dann laß es doch. Wenn du dich unbedingt unfair verhalten möchtest, ist das deine Sache.«

»Allerdings«, rief Franziska. »Das ist es auch. Dir macht es ja sowieso nichts aus, daß unsere Beziehung zu Ende ist. Du kannst sogar seelenruhig weiteressen.«

»Und wenn schon«, entgegnete Cornelius, und Franziska fand, daß er aussah wie ein Kühlschrank. »Nur damit du dich besser fühlst, werde ich sicher nicht in Tränen ausbrechen und dich auf Knien anflehen, es dir noch mal zu überlegen.«

»Das ist typisch«, sagte Franziska bitter. »Immer vernünftig, in jeder Situation, was? Ich dachte, ich wäre die Frau, mit der du alt werden wolltest!«

»Das dachte ich auch«, sagte Cornelius. »Aber ich muß mich wohl getäuscht haben. Ich dachte, der Frau, mit der ich alt werden möchte, wäre es egal, ob jemand Lamborghini richtig aussprechen kann oder immer einen Parkplatz findet.«

»Ja, so kann es einem gehen«, stellte Franziska fest. »Man verliebt sich und stellt dann fest, daß man nicht zusammenpaßt. Und manchmal lernt man jemanden kennen, bei dem plötzlich alles stimmt.«

»Und du hast so einen kennengelernt«, folgerte Cornelius scharfsinnig.

»Ja«, sagte Franziska und erlaubte sich ein Lächeln.

»Laß mich raten – er fährt einen Lamborghini?«

»Einen Jaguar«, sagte Franziska.

»Und seit wann kennst du diesen tollen Typen, wenn ich fragen darf?« Cornelius machte jetzt ein Gesicht wie eine Tiefkühltruhe.

»Och, schon ein paar Monate.«

»Und der ist auch der Grund dafür, daß du unsere Beziehung beendest, ja?«

Franziska nickte. »Ja«, log sie.

»Und seit wann weißt du, daß er der Mann ist, bei dem alles stimmt?«

»Das wußte ich von Anfang an.«

Cornelius aß schweigend seine Erdbeeren auf. »Tja«, sagte er dann. »Das ist natürlich wirklich ein Grund, unsere Beziehung zu beenden. Einer, den ich wirklich gut verstehe. Ich geh' dann jetzt mal.«

»Willst du nicht wissen, was Jan hat, was du nicht hast?« fragte Franziska.

»Jan heißt er also, fein«, sagte Cornelius. »Aber das weiß ich doch alles schon. Er findet immer einen Parkplatz mit seinem Jaguar, macht mit dir Picknicks bei Vollmond und weiß, wie man Lamborghini ausspricht.«

»Genau«, erwiderte Franziska. »Abgesehen von jeder Menge anderer Qualitäten.«

»Die du sicher auch schon getestet hast, nehme ich an?«

Franziska fühlte sich ertappt. »Daß du mir so was unterstellst!« rief sie empört. »Das ist ja wieder typisch.«

»Entschuldige«, sagte Cornelius und erhob sich. »Ich dachte ja nur! Hoffentlich bist du dann nicht enttäuscht, wenn er schlecht im Bett ist. Auch wenn er eine perfekte

Aussprache hat und immer einen Parkplatz findet, heißt das nicht zwingend, daß er auch ein guter Liebhaber sein muß.«

»Jan ist ein sehr guter Liebhaber«, rief Franziska. »Besser könnte ich mir keinen wünschen.«

»Aha«, sagte Cornelius. Er ging wortlos zur Tür und zog sie hinter sich ins Schloß.

Franziska wartete noch ein paar Minuten, reglos auf dem Stuhl sitzend, aber er kam nicht zurück. Seufzend aß sie die ganze Schüssel Erdbeeren mit Sahne auf. Vielleicht, dachte sie, hätte ich ihm doch lieber die ganze Wahrheit erzählen sollen.

Und dann weinte sie ein bißchen.

23

»*Das ist Jaguar-Jan*«, wiederholte Caroline aufgeregt. »Franziskas Lover.«

»Nur weil der arme Kerl Jan heißt? Na und? Es gibt sicher fünf bis sechs Millionen Jans hier oben im Norden.«

»Aber dieser kommt aus *Köln*!« keuchte Caroline. »Es paßt doch alles. Der Papa hat ein Kölner Kennzeichen und sieht aus wie ein Chefarzt oder ein Werbeboß, das bleibt sich doch gleich. Franziska hat gesagt, daß *ihr* Jan mit seiner Familie zum Segeln ist, *und* er sieht genauso aus, wie sie ihn beschrieben hat. Blond, durchtrainiert und braungebrannt.«

Matilda setzte sich ruckartig auf. »Das wäre ja wirklich der absolute Zufall.«

Benedikt weigerte sich, daran zu glauben. »Solche Zufälle gibt es nicht«, erklärte er. »Wenn der Typ Kurt-Kunibert hieße, dann würde ich sagen, er ist es. Aber Jans, die gibt es auch in Köln wie Sand am Meer!«

»Solche, die gerade diese Woche zum Segeln unterwegs sind? Mit Familie? Und einem stinkreichen Papa? Und die blond sind? Das glaubst du doch selber nicht.« Caroline war völlig aufgelöst.

Benedikt schaute wieder hinüber auf die *Wahre Liebe*. »Ha«, sagte er. »Hast du das gesehen? Dein Jan küßt die Claudia Schiffer. Und zwar so, wie man seine Schwester besser nicht küßt, es sei denn, man will unbedingt ins Gefängnis. Es kann also nicht Franziskas Jan sein.«

»Das stimmt«, flüsterte Caroline und beobachtete, wie Jan und Claudia Schiffer sich abknutschten, während die Eltern unter Deck waren.

Matilda stand auf. »Warum kann es nicht trotzdem Franziskas Jan sein? Schließlich wissen wir doch, daß Männer zu allem fähig sind – oder etwa nicht?«

»Das stimmt«, flüsterte Caroline wieder. »Ich habe auch ein ganz mulmiges Gefühl im Bauch. Der Typ *ist* Jaguar-Jan, jede Wette!«

»Das können wir doch ganz leicht überprüfen«, meinte Benedikt. »Wir gehen rüber und fragen ihn, ob er's ist.«

»Wir kennen doch nicht mal seinen Nachnamen«, wandte Caroline ein.

»Das macht nichts. Wir wissen eine Menge über ihn. Und wenn das alles zutrifft, dann ist er's.«

Matilda balancierte zurück zum Steg. »Laßt mich das mal machen.«

»Hey, Jan«, schrie sie.

Caroline und Benedikt sahen sich entsetzt an.

»Peinlich«, flüsterte Caroline.

Jan kam erstaunt zum Bugkorb nach vorne und schaute auf Matilda herunter. »Kennen wir uns?« fragte er.

»Ja, Mensch«, rief Matilda. »Ich dachte, ich traue meinen Augen nicht. Den Typ kennst du doch, dachte ich. Jan, Jan, wie lange haben wir uns denn schon nicht mehr gesehen?«

Jan machte ein verwirrtes Gesicht. »Ich – keine Ahnung«, stotterte er.

»Warte mal«, überlegte Matilda. »Das muß vor zwei oder drei Jahren auf der Party von dieser Sabine gewesen sein. Da fällt mir jetzt aber der Nachname nicht mehr ein. Sabine Ma... Sabine Mo... – war es nicht irgendwas mit M?«

»Sabine Bauer vielleicht?« fragte Jan.

»Genau«, strahlte Matilda. »Bauer. Sabine Bauer! Damals hast du auch immer im Fitneß-Studio trainiert, am Zülpicher Platz. Bist du da immer noch?«

»Ja, schon«, sagte Jan. Die Verwirrung war ihm von weitem anzusehen.

»Und du hattest ein anderes Mädchen dabei, als die da hinten. Eine Brünette, warte mal, die hieß ...?«

»Jessica«, ergänzte Jan.

»Genau, die Jessie. Die war in meiner Parallelklasse!«

»Ja, aber das ist längst vorbei mit Jessica und mir«, sagte Jan. »Das hier ist Melanie. Wir verloben uns in zwei Wochen!«

»Wie schön!« rief Matilda entsetzt.

»Und in einem Jahr wird geheiratet«, setzte Claudia-Schiffer-Melanie, die hinter ihm stand, hinzu. »Im Kölner Dom!«

Melanie schluckte zweimal heftig. »Und bist du in der Zwischenzeit mit deinem Studium fertig?« fragte sie Jan. »Oder hattest du gar nicht studiert, das habe ich jetzt auch nicht mehr so im Gedächtnis?«

»Doch«, sagte Jan. »Das war schon richtig. Ich habe aber abgebrochen. Die Theorie, die hat mir nichts gebracht, verstehst du? Ich habe dann lieber in unserer Werbeagentur angefangen und Geld nach Hause gebracht.«

»Wahnsinn«, fand Matilda. »Und stehst du immer noch auf englische Wagen?«

»Ja«, sagte Jan mit zunehmender Begeisterung. »Ich habe einen Jaguar, den hatte ich vor zwei Jahren noch nicht. Ein feines Autöchen, wirklich. Sag mal, ähm ...«

»Matilda«, erklärte Matilda liebenswürdig.

»Ja, Matilda, hättest du nicht Lust, ein bißchen zu uns an Bord zu kommen? Melanie wird sich sicher auch freuen. Sie und Jessica waren nämlich mal beste Freundinnen, du, das glaubst du mir im Leben nicht. Meine Eltern gehen gleich essen, und wir könnten ungestört bei einer Flasche Wein über alte Zeiten plaudern. Kanntest du eigentlich auch noch den Tommi? Tommi Berger?«

»Na klar«, strahlte Matilda. »Der gute alte Tommi.«

»Mit dem habe ich mir damals immer Autorennen geliefert. Der helle Wahnsinn, mit hundertachtzig Sachen durch die Stadt. Mein armer Dad mußte mich einige Male herauspauken bei der Polizei und so. Weißt du, was aus Tommi geworden ist?«

»Das letzte, was ich weiß, ist, daß er für ein Jahr nach Bolivien gegangen ist«, erwiderte Matilda dreist. »Warum auch immer. Aber verrückt, wie der war, kann man nie wissen, was er dort wollte.«

Jan lachte fröhlich über die gemeinsamen Erinnerungen an Tommi Berger. »Bolivien. Wahnsinn!« Er starrte Matilda ganz verzückt an. »Komm doch was zu uns«, wiederholte er und streckte ihr seine Hand entgegen. »Nicht wahr, Melanie? Wir würden uns über Gesellschaft freuen?«

»Klar«, rief Claudia-Schiffer-Melanie von hinten, aber sie machte keinen besonders erfreuten Eindruck.

»Ich weiß nicht«, sagte Matilda. »Also, hör mal, ist sie wirklich deine *Verlobte*, oder wolltest du mich verarschen? Also, das hätte ich ja nie von dir gedacht. Du warst immer so ...«

»Wir werden alle älter«, meinte Jan und lächelte geschmeichelt. »Und weiser. Wahnsinn, hier alte Bekannte zu treffen! Sag mal, sagt dir der Name Hendrik Hümme noch was?«

»Ja, sicher, Hendrik Hümme«, sagte Matilda. »Der war auch immer dabei, wenn wir die Korken haben knallen lassen.«

»Ja, ja«, freute sich Jan. »Hendrik, Tommi und ich, wir waren ein unzertrennliches Kleeblatt!«

»Oh, und dann die Franziska, weißt du? Die so gut tanzen konnte?«

»Franziska?« fragte Jan ganz erschrocken. »Kenne ich die?«

»Klar, die Franzi! Die unterrichtet jetzt Jazz-Dance in dem Fitneß-Studio am Zülpicher Platz. Mußt du doch kennen.«

»Kann sein«, sagte Jan lahm.

Die Begeisterung in seinen Augen war mit einem Mal vollkommen erloschen. Matilda hatte sowieso genug gehört.

»Ich muß jetzt gehen«, sagte sie. »Aber sicher sieht man sich noch mal.«

»Ja, sicher«, murmelte Jan. »Die Welt ist ja so klein.«

»Ja«, sagte Matilda und winkte ihm noch einmal zu.

»Und?« fragten Benedikt und Caroline, die immer noch auf der *Erna* hockten und nur die Hälfte mitbekommen hatten.

»Er ist es, da bin ich sicher«, sagte Matilda. »Er fährt einen Jaguar, er arbeitet in der Werbeagentur und geht in das Fitneß-Studio an der Ecke Zülpicher Platz. Und als ich Franziska erwähnt habe, ist er ganz bleich geworden, ehrlich!«

»Also doch«, murmelte Caroline.

»Ja, und die blonde Ziege ist seine *Verlobte*! Sie verloben sich nächste Woche oder so, und nächstes Jahr wollen sie heiraten! Das hat er gesagt.«

»So ein Arschloch! Und Franziska kriegt ein Kind von ihm.«

»Und er schenkt ihr alten Familienschmuck«, empörte sich Caroline. »Warum tut er so was, wenn er mit einer anderen verlobt ist? Was bildet er sich ein?«

»Abfindung, vermutlich« sagte Benedikt abfällig. »Franziska ist nicht gut genug für die Ehe, während die Schiffer-Giraffe vermutlich blaublütig ist oder wenigstens stinkreich!«

»Hey, ihr!« brüllte Ollie vom Steg. »Ich warte schon zehn Minuten auf dem Parkplatz. Wir hatten doch gesagt, in einer halben Stunde – oder etwa nicht?«

»Du wirst nie raten, wer da vorne auf dem Boot ist«, sagte Benedikt zu ihm.

Ollie erriet es tatsächlich nicht. »Ich warte und warte«, murrte er. »Und ihr kommt einfach nicht.«

Caroline, Matilda und Benedikt beeilten sich, ihn über den unglaublichen Zufall und die Identität der Besatzung der *Wahren Liebe* aufzuklären. Ollie schüttelte bekümmert den Kopf.

»Und vermutlich sagt Franziska genau in diesem Augenblick Cornelius adieu. Wenn das keine Ironie des Schicksals ist.«

Caroline sah alarmiert auf die Uhr. »Halb sieben«, rief sie. »Wenn wir Glück haben, hat sie's noch nicht getan.«

»Da vorne ist ein Telefon«, sagte Benedikt und reichte ihr seine Telefonkarte aus der Hosentasche.

Caroline und Matilda quetschten sich gemeinsam in die gelbe Zelle, die beiden Jungs drängelten sich in der offenen Tür.

Caroline gab Matilda den Hörer. »Ich bin so aufgeregt, daß ich nicht mal unsere Nummer weiß.«

Matilda wählte. »Franzi? Hi, wir sind's. Ist Cornelius noch da?«

»Nein«, antwortete Franziska. »Der ist gerade gegangen. Und er kommt niemals wieder.«

»Ach, Scheiße!«

»Was ist? Was sagt sie? Ist es schon zu spät?«

»Was ist da bei euch los?« wollte Franziska wissen. »Ihr müßt euch keine Sorgen machen. Ich habe das Richtige getan. Klar, ich fühle mich irgendwie ein bißchen komisch und einsam jetzt, aber am Sonntag kommt Jan ja zurück, und alles ist in Ordnung. Was meinst du, wie der sich freuen wird, daß er mich endlich für sich allein hat.«

»Ja«, seufzte Matilda. »Das kann ich mir gut vorstellen.«

»Und am Montag, wenn ich beim Frauenarzt war, werde ich mit Jan über das Baby sprechen, und wir werden gemeinsam entscheiden, was wir tun«, erklärte Franziska. »Das ist doch vernünftig, oder?«

»Ja, ja«, murmelte Matilda. »Ja, ja.«

»Ach, Scheiße«, sagte Caroline, als sie den Hörer eingehängt hatte. »Was sollen wir denn jetzt tun?«

»Auf jeden Fall sollte ihr jemand die Wahrheit sagen, bevor Jan es tut.«

»Falls er das jemals vorhat.«

»Ihr müßt nach Hause fahren«, sagte Ollie. »Sie darf jetzt nicht allein bleiben.«

»Ich könnte fahren«, meinte Matilda. »Und ihr könnt hierbleiben und das Haus hüten. Sonntag wäre ich ja sowieso zurückgefahren.«

»Ich komme auch mit«, bestimmte Caroline.

»Was ist denn mit dem Haus und deinen Eltern?«

»Ein paar Tage muß das Haus eben allein bleiben, Meine Eltern kommen Dienstagabend zurück. Ich werde die Blumen gießen, bis sie überschwemmen, und – vielleicht bin ich ja dienstags auch schon wieder hier. Ansonsten lege ich ihnen einen Zettel hin. Oder, wartet, ich habe eine noch viel bessere Idee: Ihr beide, Ollie und du, ihr könntet doch einfach noch hierbleiben und auf das Haus aufpassen. Dann sind Matilda und ich bei Franziska, und meine Eltern können sich nicht beklagen, daß ich ihr Haus im Stich gelassen hätte.«

»Ja«, sagte Ollie begeistert. »Dann könnte ich noch die Tiefkühltruhe abtauen, die hat es nämlich echt nötig.«

»Dann ist es also abgemacht«, erwiderte Caroline froh. »Los, kommt, wir fahren nach Hause und packen.«

24

»Ich würde es euch nicht glauben, wenn ich es könnte«, sagte Franziska und schniefte heftig. »Das ist ja so gemein!«

»Das sagst du jetzt schon seit zwei Tagen«, schimpfte Matilda. »Hör endlich auf zu heulen und zu jammern! Tu was! Der Typ ist doch längst wieder zu Hause. Fahr hin und zertrümmere seine Wohnung, das hilft!«

»Ich glaub' das einfach nicht! So was Gemeines! Ich sitze hier und stelle mir vor, daß er was-weiß-ich-was für mich empfindet, und er ist mit einer anderen *verlobt*.«

»Noch nicht«, sagte Caroline.

Franziska schniefte noch lauter. »Ich dachte, er wäre mein Märchenprinz. Der Ritter in goldener Rüstung, der endlich so ist, wie ein Mann sein sollte!« jammerte sie. »Und dabei ist er noch viel schlimmer als alle anderen.«

»Geh und sag es ihm«, forderte Matilda. »*Wir* wissen, was du von ihm hältst, *er* nicht.«

»Matilda hat recht«, sagte Caroline. »Vielleicht mußt du nicht gerade seine Wohnung zerschlagen, aber die Meinung sollte ihm schon gesagt werden, und zwar richtig.«

»Ich gebe dir meinen Baseballschläger«, erbot sich Matilda. »Da kann man alles kurz und klein schlagen. Vasen, Kacheln, Fenster, alles. Aber falls der Typ einen Flügel hat, dann tu ihm nichts. Dem Flügel, meine ich. Das sieht man immer in den Krimis, wie die Vandalen aus purer Zerstörungswut einen herrlichen Bechsteinflügel kaputtschlagen. So was tut mir in der Seele weh. Also, den Flügel verschonen! Den kannst du mir mitbringen.«

»Plapper, plapper, plapper.« Caroline brachte Franziska das Telefon und setzte es auf ihren Schoß. »Ruf an.«

Franziska wischte sich die Tränen ab. »Also gut, ich tu's«, schniefte sie. »Matilda, leihst du mir deinen schwarzen Body?«

»Aber immer«, sagte Matilda.

Jan wohnte in einer baumbestandenen Straße im Stadtteil Marienburg. Das Apartmenthaus hatte Rheinblick und war eines von der vornehmen Sorte. Jan wohnte im obersten Stockwerk, Penthouse mit eigenem Aufzug. Alles genau so, wie Benedikt es vermutet hatte. Die Aufzugtüren öffneten sich direkt in Jans Wohnzimmer. Es war riesenhaft, die bodentiefen Fenster auf eine Dachterrasse gerichtet, modernes Design gemischt mit antiken Holzmöbeln. Der ganze Raum war konsequent in Holztönen und einem gebrochenen Weiß gehalten, ohne einen einzigen Farbtupfer. Nicht unbedingt Franziskas Geschmack, aber unbestritten stilvoll.

Jan umarmte sie zärtlich. »Wie schön, daß du mal herkommst«, sagte er mit seiner weichen, unheimlich erotischen Stimme. »Ich habe dich sooo vermißt. Im Schlafzimmer wartet eine Flasche Champagner auf uns.«

Franziska machte sich los. »Schön hast du's hier.«

»Ja, das hat eine Innenarchitektin gemacht, die mit meinen Eltern befreundet ist. Freut mich, daß es dir gefällt. Sag mal, was gab es denn so Dringendes?«

»Ich habe mit Cornelius Schluß gemacht«, sagte Franziska.

»Und wann? Ich meine, doch hoffentlich nicht meinetwegen?«

»Doch«, sagte Franziska. »Natürlich deinetwegen. Ich dachte, du freust dich darüber.«

»Ja schon, aber ich meine, das hat mich ehrlich gesagt nie groß gestört. Mit uns, das war doch auch so völlig in Ordnung.«

»Es hat dich nie gestört, daß du nicht der einzige Mann in meinem Leben warst?«

»Nein, natürlich nicht. Sieh mal, ich bin eben nicht so ein besitzergreifender Mensch, so ein Macho-Typ, der seine Braut ganz für sich alleine haben will. Hauptsache, wir haben uns gut verstanden und hatten Spaß miteinander, wenn wir zusammen waren. Und das hatten wir ja auch, oder?«

»Findest du das denn normal?«

»Warum nicht?«

»Es hat dich nicht gestört, daß ich noch gebunden war, weil du es ebenfalls bist, stimmt's?«

»Ja, und wenn schon!« Jan wurde nicht mal rot. »Was zwischen uns beiden war, hatte schließlich nichts Offizielles. Wir haben es beide genossen; und wenn es nach mir ginge, dann würde es auch noch ewig so weitergehen. Ob ich eine Beziehung zu jemand anderem habe oder nicht, spielt doch überhaupt keine Rolle.«

»Du gemeiner Lügner!«

»Ich? Ich habe dich doch niemals angelogen«, sagte Jan. »Du hast mich nie danach gefragt, und ich sah einfach keine Veranlassung, vor dir mein Privatleben auszubreiten. Das ist doch immer das gleiche bei euch Frauen. Dieser Ausschließlichkeitsaspekt ödet mich langsam an. Zumal ich gedacht habe, du wärst anders.«

»Das gleiche habe ich auch von dir gedacht«, sagte Franziska.

»Hey, Franziska, ich möchte mich gar nicht mit dir streiten. Dazu mag ich dich viel zu gern. Laß uns diese Sache doch einfach vergessen, und alles ist, wie es war. Das mit uns ist doch viel zu schön, um es wegen solcher Kleinigkeiten aufzugeben. Du kannst in der Zeit, in der wir uns nicht sehen, machen, was du willst, und gestehst mir im Gegenzug das gleiche Recht zu. Das ist nur fair, wir haben die ideale Beziehung, und keiner kommt zu kurz.«

Franziska schüttelte ungläubig den Kopf. »Ich bin also deine Frau für donnerstags, und für die anderen Tage hast du jemand anderen?«

Jan lachte. »Warum denn nicht? Natürlich gilt das auch für dich.«

»Und was sagt deine Dienstagsfrau dazu?«

»Ich sag' ja, nicht alle Frauen sind wie du. Meine Freundin dürfte das nie erfahren, sonst gäbe es Mord und Totschlag. Und auf solche Szenen habe ich einfach keinen Bock.«

»Ich verstehe«, sagte Franziska.

Matilda an ihrer Stelle hätte jetzt damit begonnen, die Einrichtung zu zertrümmern. Aber Franziska wurde bei Wut manchmal ganz ruhig und kühl.

»Ich bin schwanger«, sagte sie.

Jan sah jetzt doch etwas erschrocken aus. »Aber du nimmst die Pille.«

»Ja, aber es ist nun mal trotzdem passiert.«

»Ist es denn sicher?«

»Ja.«

»Ich meine, versteh mich jetzt nicht falsch, aber ist es denn sicher, daß das Kind überhaupt von mir ist?«

Franziska sagte nichts dazu.

»Ich meine, du hattest ja noch deine Beziehung zu diesem Cornelius – oder wie der Typ hieß –, und das war ja auch voll okay so. Nur, woher wollen wir wissen, daß es mein Kind ist?«

»Es ist dein Kind«, erwiderte Franziska.

Jan wanderte unruhig durch das riesige Wohnzimmer. »Okay, okay, ganz ruhig bleiben«, sagte er ein paarmal vor sich hin.

Franziska wußte nicht, ob er mit ihr sprach oder mit sich selber.

Er lächelte sie entschuldigend an. »Du mußt das verstehen, ich war noch nie in so einer Situation. Das ist das erste Mal für mich.«

»Für mich auch, stell dir mal vor.«

»Okay, du weißt, daß du auf mich zählen kannst. Den ganzen organisatorischen Kram mußt du allerdings selbst übernehmen. Ich denke, da habt ihr Frauen schon eure Mittel und Wege. Eine gute Klinik in Holland, da kann man so was heute schon ohne chirurgischen Eingriff machen lassen, nur mit Tabletten, das tut überhaupt nicht weh, habe ich gehört. Und – ähm, wenn du alles soweit geklärt hast, dann sagst du mir einfach, wieviel das kostet, und ich zahle es. Keine Frage, ich lass' dich nicht im Stich.«

»Vielen Dank«, sagte Franziska bitter.

Das war also übriggeblieben von ihrem schönen, vorbildlichen Ritter, der genau wußte, was Frauen wünschen. Ein kleiner, arroganter Schwächling, der nichts hatte außer Geld, aber das offensichtlich reichlich.

»Das ist doch klar, Mensch, daß ich in so einer Situation für dich da bin«, sagte Jan.

»Und wenn ich nun das Kind bekommen möchte?

Wenn ich mit dir eine Familie gründen möchte?« fragte Franziska. »Was würdest du dann tun?«

Jan nahm seine Wanderung durch das Wohnzimmer wieder auf. »Ich meine, das ist doch klar: Ich will kein Kind; wenn überhaupt, dann in zehn Jahren mal. Wenn du das wirklich wolltest, dann müßtest du die Sache alleine durchziehen. Ich will damit nichts zu tun haben.«

»Und ich nichts mit dir«, entgegnete Franziska und ging mit kleinen wütenden Schritten auf die Aufzugstür zu. »Das war's dann wohl.«

»Das mußt du selber wissen«, sagte Jan. »Ich zwinge niemanden. Das habe ich nämlich gar nicht nötig. Aber ich find's echt schade. Im Schlafzimmer wartet immer noch eine Flasche Champagner.«

Franziska schnaubte durch die Nase. Die Aufzugstür öffnete sich.

»Franziska?«

»Ja?« Sie drückte auf den Knopf für das Erdgeschoß.

»Du hast doch noch das Armband. Ich meine, es ist mir etwas peinlich, aber wenn du unsere Beziehung löst, dann wäre es nur fair, wenn du es zurückgibst. Es ist alter Familienschmuck.«

»Unsere *Beziehung*«, höhnte Franziska. »Daß ich nicht lache!« Sie strich sich erschöpft das Haar aus der Stirn. »Aber du kannst dir dein dämliches Armband sonstwohin schieben. Ich werde es dir bei Gelegenheit zukommen lassen. Von einem wie dir möchte ich nichts geschenkt haben.«

Die Aufzugstüren schlossen sich, bevor sie den Ausdruck in seinem Gesicht interpretieren konnte.

»Scheißkerl«, sagte sie dann laut.

25

»Ich habe heute mit meiner Schwester telefoniert«, sagte Matilda.

»Aber es ist doch noch lange nicht Weihnachten«, wunderte sich Caroline.

Franziska grinste. Seit sie mit Jan Schluß gemacht hatte, hatte sie nicht einmal mehr geweint oder deprimiert vor sich hinglotzend im Schaukelstuhl gehockt.

»Ich kann jederzeit bei Anna anrufen, wenn ich das will«, behauptete Matilda würdevoll. »Jedenfalls sagt sie, daß *sie* immer sofort gewußt hat, wenn sie schwanger war.«

»Wie schön für sie«, meinte Caroline.

»Anna sagt, das wisse jede Mutter sofort und mit hundertprozentiger Sicherheit. Anna wußte es bei allen drei Kindern unmittelbar nach der Zeugung. Sie sagt, wenn Franziska schwanger wäre, dann wüßte sie es auch.«

»Woher will Anna wissen, daß Franziska schwanger ist?« fragte Caroline verwirrt. »Ist sie eine Hellseherin in Sachen Schwangerschaft?«

»Nicht Anna, du Dumme, Franziska! Franziska müßte wissen, ob sie schwanger ist oder nicht. Und wenn sie es nicht weiß, sagt Anna, dann ist sie auch nicht schwanger.«

»Ach so«, sagte Caroline. »Aber das halte ich für absoluten Blödsinn. Diesen Kram von wegen Mutterinstinkt und so was! Das ist auch psychologisch und wissenschaftlich keineswegs belegbar.«

»Fühlst du dich schwanger, Franziska?« fragte Matilda.

Franziska schüttelte den Kopf. »Woher soll ich wissen, wie man sich fühlt, wenn man schwanger ist. Ich war doch noch niemals in dieser Situation. Glücklicherweise.«

»Dann bist du es nicht, sagt Anna«, jauchzte Matilda. »Weil, sonst wüßtest du's ja.«

»Das ist ja wohl die absurdeste Logik, die ich jemals gehört habe«, sagte Caroline. »Wie erklärt sich Anna denn diese Frauen, die immer in den Talk-shows auftreten und erzählen, daß sie erst beim Einsetzen der Preßwehen gemerkt haben, daß sie schwanger sind, und vorher geglaubt haben, sie würden unter einer Bauchkolik leiden?«

Das wußte Matilda auch nicht. »Die haben vielleicht ihren ursprünglichen Instinkt verloren«, meinte sie.

Caroline lachte höhnisch.

»Außerdem kommt es darauf gar nicht an«, fuhr Matilda fort. »Denn selbst wenn Franziska nicht weiß, ob sie schwanger ist oder nicht, so kann sie doch wenigstens sagen, ob sie sich anderes fühlt als vorher.«

»Natürlich fühle ich mich anders«, sagte Franziska. »Ich komme beinahe um vor Angst, daß ich schwanger sein könnte.«

»Deine Mutter auch«, sagte Caroline.

»Aber sie weiß doch nichts!«

»Doch. Sie hat ungefähr zehnmal angerufen«, erklärte Caroline. »Sie hat gesagt, sie glaube nicht mehr, daß das mit der Schwangerschaft nur ein Scherz sei. Dein Vater hätte gesagt, daß man über so was keine Scherze macht, und deshalb glaubt sie jetzt steif und fest, daß du wirklich schwanger bist. Früher oder später würde sie ja doch die Wahrheit erfahren, hat sie gesagt, und ob ich bei meinem Leben schwören könnte, daß du nicht schwanger bist.«

»Und – hast du's getan?«

»Was für eine Frage«, rief Matilda. »Sie lebt schließlich noch.«

»Was soll's«, seufzte Franziska. »Mein Vater wird toben und schreien. Sicher hat er schon beim Jugendamt nachgefragt, welche rechtliche Handhabe er gegen seine renitente, unehelich schwangere Tochter hat.«

»*Keine*, natürlich!« schrie Caroline. »Du bist zwanzig Jahre alt. Volljährig! Da kann dein Vater überhaupt nichts machen!«

»Es war nur ein Scherz, Caro.«

»Ach so! Aber das wird deinen Vater nicht abhalten. Jede Wette, daß er in den nächsten Tagen hier vor der Türe steht, um dich zu entführen. Wir sollten uns ein Sicherheitsschloß anschaffen, falls er vorhat, die Tür einzutreten.«

»So schlimm ist er auch wieder nicht«, sagte Franziska. »Aber so ein Sicherheitsschloß wäre mir auch wegen Herrn Kleinschmidt sehr lieb, dir etwa nicht?«

»Doch«, gab Franziska zu. »Und vielleicht wird mein Vater tatsächlich zum Berserker! Wenn ich daran denke, wie er sich angestellt hat, als ich damals mit Timo Walter im Auto gefahren bin, obwohl wir noch keinen Führerschein hatten. Und dabei sind wir bloß auf dem Schulhof herumgekurvt! Das war doch wirklich harmlos gegen diese Sache jetzt. Das wird ihm den Rest geben. Seine Tochter schwanger und kein Kindsvater dazu!«

»Vielleicht rufst du ja doch noch mal bei Cornelius an«, sagte Caroline zögernd.«Schließlich gehört ihr doch irgendwie zusammen.«

»Nein«, sagte Franziska. »Das geht nicht. Erst mache ich mit dem einen Kerl Schluß wegen eines anderen. Und wenn der mich nicht mehr will, komme ich auf den alten zurück. Das ist schäbig.«

»Schäbig war, was du vorher gemacht hast«, meinte Caroline. »Das war echt hundsgemein. Aber du liebst ihn doch noch, oder?«

Franziska zog die Schultern hoch. »Keine Ahnung. Ich vermisse ihn total, und ich würde ihn gerne wiederhaben, aber ob ich ihn deshalb liebe, das weiß ich wirklich nicht.«

»Natürlich liebst du Cornelius«, beharrte Caroline. »Wenn das nämlich nicht so wäre, dann würde ich alles daransetzen, um mir den Kerl zu angeln. Ich finde ihn nämlich echt okay.«

»Und was ist mit deinem langweiligen Psychoheini?« erkundigte sich Matilda.

Caroline sah auf die Uhr. »Oh, der ist auch nicht übel. Ist das schon spät! Ich muß mich noch duschen und so weiter. Johannes kommt mich gleich abholen. Wir gehen zum Tanzbrunnen, da ist heute abend so'n Freiluftkabarett. Kann ich dein grünes Kleid haben, Matilda?«

»*Mein* grünes Kleid? Das ist dir doch viel zu lang! Und für so einen Langweiler viel zu sexy.«

»Erstens ist das Kleid dir viel zu kurz und daher bei mir genau richtig, und zweitens ist Johannes kein Langweiler. Eher das Gegenteil.«

Caroline warf den Kopf in den Nacken und verzog sich mit einer hochmütigen Miene ins Badezimmer.

»Also gut«, rief ihr Matilda hinterher. »Du kriegst das grüne Kleid. Du kriegst sogar meine Paprika-Ohrringe dazu. Ich habe sie extra passend zum Kleid gekauft.«

»Und was machst du heute abend?« fragte Franziska.

»Ich?« Matilda hob unentschlossen die Schultern. »René wollte herkommen, aber ich weiß nicht, ob ich

Lust dazu habe. Weißt du, in letzter Zeit ist da irgendwie die Luft raus.«

»Aber du hast ja noch zwei andere in Reserve«, meinte Franziska. »Peter und Paul.«

»Peter und Claudius«, verbesserte Matilda.

»Oder das. Ist im Grunde auch völlig egal.«

»Das meine ich ja«, sagte Matilda. »Alles, was man über eine längere Zeit betreibt, ist irgendwann langweilig. Selbst mit drei Männern gleichzeitig auszugehen. Im Grunde ist es auch jedem von ihnen egal, was ich in der Zeit mache, in der ich sie nicht sehe. Ich hatte mir das aufregender vorgestellt. Wilde Eifersuchtsszenen, Versteckspielchen und unheimlich spannende Rendezvous mit drei völlig verschiedenen Männern, die mich alle für sich allein haben wollen.«

»Bist du nicht ein bißchen in einen von den dreien verknallt?«

Matilda schüttelte den Kopf. »Kein bißchen«, sagte sie bekümmert. »Weißt du was? Manchmal wünsche ich mir wieder so eine stinknormale Beziehung, so wie damals die ersten Monate mit Cornelius. Natürlich mit einem interessanteren Mann.«

»Ja, dann schnapp dir doch Peter oder Paul oder Mary, und versuch es noch mal mit einer stinknormalen Beziehungskiste.«

»Peter, Claudius oder René«, verbesserte Matilda wieder. »Ich weiß nicht, ob überhaupt einer der drei beziehungstauglich ist. Wenn ich ganz ehrlich bin, glaube ich, daß es allen dreien recht ist, daß ich bisher so antibeziehungskistenmäßig eingestellt war.«

»Das hat dich doch bisher immer unheimlich gereizt.«

»Ja, vielleicht«, meinte Matilda nachdenklich. »Ich

sollte mich für einen entscheiden. Wenn man in einer echten Beziehung lebt, ist es auch wieder spannend, sich mit anderen zu treffen.«

»Ja«, seufzte Franziska. »Wenn man auf diese Art von Spannung steht. Und wenn man nicht vergißt, die Pille zu nehmen. Morgen ist übrigens mein Frauenarzttermin. Um halb elf.«

»Endlich«, meinte Matilda. »Leider muß ich arbeiten. Aber vielleicht kann ich früher Schluß machen und dir beistehen. Benedikt und Ollie wollten doch auch morgen zurückkommen, oder?«

»Ja, morgen mittag«, meinte Franziska. »Hoffentlich haben sie das nicht vergessen. Ich denke, Carolines Eltern wären schon etwas befremdet, wenn sie zwei fremde, schwule Typen in ihrem Haus vorfänden statt ihrer geliebten Tochter und einer Schildkröte.«

»Ja, das glaube ich auch«, meinte Matilda. »Aber eins ist auf jeden Fall klar, Ollie und Benedikt werden das Haus ordentlicher hinterlassen, als wir es getan hätten. Sogar die Tiefkühltruhe wollte Ollie abtauen.«

»Es hat geklingelt. Sicher ist das Carolines Verabredung. Mach du auf, ich will nicht, daß er mich anstarrt.«

»Wieso sollte er das tun?«

»Weil Caroline ihm mit Sicherheit erzählt hat, daß ich schwanger bin«, meinte Franziska. »Das scheinen überhaupt alle zu wissen. Die gucken dann immer saublöd, und das macht mich höllisch aggressiv.«

»Blödsinn!« widersprach Matilda und ging zur Wohnungstür. »Du leidest ja schon an Verfolgungswahn.« Sie horchte ins Treppenhaus hinab. »Carolines Verabredung nimmt zwei Stufen auf einmal. Bei *der* Hitze. Sicher ist jedenfalls, daß er körperlich fit ist.«

»Oder verliebt«, rief Franziska aus der Küche.

»Hi«, sagte der Typ mit Jeans und T-Shirt, als er im dritten Stock angelangt war.

Er war nicht ein bißchen außer Atem. Und überhaupt sah er so unerwartet gut aus, daß Matilda erst mal gar nichts einfiel.

»Ich bin Johannes«, sagte er und lächelte. »Ich wollte die Caroline abholen.«

»Hi«, sagte Matilda verblüfft. »Matilda.«

»Caro!« rief Franziska aus der Küche. »Besuch für dich!«

Caroline kam in Matildas Kleid aus dem Badezimmer. Die roten Locken fielen offen über ihre Schultern, und Matilda konnte nicht umhin, sich einzugestehen, daß ihr das grüne Kleid wunderbar stand.

»Hallo, Johannes«, sagte Caroline gutgelaunt. »Ich hol' nur noch meine Tasche.«

Johannes pfiff anerkennend durch die Zähne. »Du siehst toll aus«, sagte er.

Caroline lächelte froh.

»Das ist *mein* Kleid«, erklärte Matilda, die mit ihrer Stimme auch ihr Lächeln wiedergefunden hatte.

Franziska in der Küche fand, daß man förmlich hören konnte, wie strahlend sie lächelte.

Caroline bückte sich nach ihrer Handtasche.

»Und *meine* Ohrringe«, sagte Matilda.

»Ja, und es ist sehr lieb von dir, mir alles zu leihen«, sagte Caroline. »Einen schönen Abend, Süße. Tschüs, Franziska!«

»Tschüs«, sagte Franziska aus der Küche.

»Tschüs«, sagte Johannes zu niemandem Bestimmten.

Matilda lächelte ihr allerschönstes Lächeln. »*Und mein* Lippenstift«, sagte sie triumphierend.

26

»Ich hab's getan«, rief Caroline am nächsten Morgen mit leuchtenden Augen.

»*Was?*« Franziska vergaß vorübergehend ihren eigenen Kummer. »Das ist doch wohl nicht wahr!«

»Dohooch«, strahlte Caroline. »Ich hab's endlich getan.«

»Bist du wahnsinnig?«

»Nein«, seufzte Caroline. »Ich habe es im Vollbesitz meiner geistigen Kräfte getan, weil ich mich endlich in ihn verlieben will. Er ist so süß!«

»Und wie war es?«

»Na ja«, sagte Caroline. »Wie so was halt ist. Schön eben! Aber jetzt tu nicht so, als wäre es das erste Mal, daß ich mit jemandem rumknutsche!«

Franziska lachte. »Ach so. Knutschen! Und ich dachte schon, du hättest *es* getan!«

»Puh, nein«, verwahrte sich Caroline. »Aber ich wollte die Sache einfach mal ein bißchen vorwärtstreiben. Weißt du, ich fände es einfach schön, wenn wir, also wenn Johannes und ich eine richtige Beziehung miteinander anfangen würden, so richtig als Paar, als Freund und Freundin. So wie das jeder hat, ganz normal. Das hatte ich noch nie, weißt du. Und am schönsten wäre das natürlich, wenn wir auch ineinander verliebt wären.«

»Ja, so sollte es eigentlich sein«, sagte Franziska. »Er scheint echt ein netter Kerl zu sein.«

»Ja, das ist er auch«, meinte Caroline. »Auch wenn Matilda findet, daß er ein Langweiler ist.«

»Daß ich nicht lache«, rief Franziska. »Hast du denn nicht bemerkt, wie Matilda deinen Johannes beflirtet hat?«

»Matilda? Johannes?«

»Ja«, nickte Franziska. »Sie hatte diesen Dich-kriege-ich-auch-noch-in-mein-Bett-Blick drauf. Und wie sie gelächelt hat! Hinterher hat sie sogar ein Rendezvous mit einem ihrer drei Scheichs abgesagt, ich hab's mit meinen eigenen Ohren gehört. Dein Johannes hat sie ungeheuer beeindruckt!«

»Meinst du wirklich? Ich dachte, sie findet Psychologen langweilig!«

»Diesen nicht«, sagte Franziska. »Wenn du einen Rat von mir willst: Verliebe dich besser mal ganz schnell, sonst schnappt Matilda ihn dir einfach weg.«

»Wo ist sie denn jetzt?« fragte Caroline besorgt.

Franziska lachte. »Im Augenblick ist sie keine Gefahr. Sie hat Frühstücksschicht bei Nino's! Und ich muß in anderthalb Stunden beim Frauenarzt sein.«

»Dann wissen wir endlich Bescheid«, meinte Caroline. »Die Spannung ist ja auch wirklich nicht mehr zum Aushalten.«

»Ja«, seufzte Franziska. »Wenn meine Eltern mich nicht vorher gewaltsam entführen. Meine Mutter hat gestern abend noch viermal angerufen. Beim letzten Mal hat mein Vater den Hörer genommen und gebrüllt, daß jetzt Schluß sei mit diesen albernen Diskussionen, er käme heute früh, um mich abzuholen, und ich solle gefälligst schon mal meine Koffer packen.«

»Lieber Himmel«, flüsterte Caroline. »Der macht seine Drohung sicher wahr! Ach, wenn wir doch nur schon das Sicherheitsschloß eingebaut hätten.«

»Ja, mit genügend Vorräten könnten wir vielleicht neun Monate der Belagerung standhalten«, sagte Franziska. »Ich gehe jetzt duschen! Und mach niemandem die Türe auf, hörst du!«

»Nein«, versprach Caroline. »Ganz sicher nicht.«

»Sieh mal«, sagte Franziska eine halbe Stunde später. »Findest du nicht, daß ich schon einen dickeren Bauch bekommen habe?«

Caroline sah genau hin, konnte aber keine Rundung feststellen. »Nein«, sagte sie. »Wirklich nicht.«

Franziska zog sich leicht getröstet an. »Ich finde Frauenarztbesuche grauenhaft«, sagte sie. »Die letzten Male habe ich immer bloß das Rezept für die Pille abgeholt und bin wieder gegangen.«

»Und der hat dich nicht untersucht?« fragte Caroline entsetzt. »Das muß er doch!«

»Nicht, wenn ich nicht will!«

Da klingelte es an der Tür. Dreimal hintereinander und sehr ungeduldig.

Caroline wurde prompt blaß. »Das sind deine Eltern«, zischte sie. »Wir dürfen nicht aufmachen.«

»Das wäre jetzt wirklich zuviel«, fand auch Franziska. »Kannst du sie irgendwie hinhalten, bis ich weg bin?«

»Du gehst rauf in den vierten Stock«, sagte Caroline schnell. »Wenn sie hier bei mir drin sind, kannst du dich aus dem Haus schleichen.«

Franziska schnappte sich ihren Rucksack. »So machen wir's«, sagte sie. »Drück mir die Daumen!«

»Natürlich«, sagte Caroline und drückte auf den Türöffner. »Wenn ich sie schnell los werde, komme ich noch nach. Du solltest da nicht allein hingehen.«

»Danke«, flüsterte Franziska und sprintete die Treppe hoch.

Unten im Hausflur erscholl bereits die Stimme des Vaters. »Wir nehmen sie sofort mit«, ließ er verlauten. »Keine Minute bleibt sie mehr in diesem Haus.«

»Karl-Heinz, jetzt warte doch erst mal ab!« Das war die Mutter. »Wenn wir sie jetzt so überfallen, machen wir am Ende alles kaputt.«

»Sieh dir doch nur diese Wände an. Stockflecken sind das! Alles feuchte Wände hier. Das ist doch nicht gesund, in so einer Ruine zu hausen.«

»Karl-Heinz, bitte.«

Franziska blieb regungslos auf dem Treppenabsatz vor Ollies und Benedikts Wohnung hocken. Es war schon so lange her, daß sie diese Dialoge täglich gehört hatte. Heute empfand sie es als doppelt schrecklich, das ewige Gepolter des Vaters und das beschwichtigende Gewimmer der Mutter.

»Keinen Tag länger«, rief der Vater. »In so einer Bruchbude möglicherweise noch ein Kind aufziehen! Stell dir das doch nur mal vor! Als gehörten wir zu diesem asozialen Pack!«

»Karl-Heinz, du hast mir versprochen, die Sache diplomatisch anzugehen«, flehte die Mutter. »Sonst verlieren wir unsere Tochter für immer. Das ist Frau Hellmann damals genauso gegangen mit ihrer Frederike, weißt du noch? Und es ist sicher auch kein Zufall, daß unser Till am anderen Ende der Welt studiert.«

»Komm mir nicht mit so einem Schmus«, rief der Vater. »*Unsere* Tochter packt jetzt auf der Stelle ihre Sachen zusammen und kommt mit nach Hause. Und dann überlegen wir ganz in Ruhe und diplomatisch, was zu tun ist.«

Franziska schnaubte leise vor sich hin. *Das* diplomatische Gespräch konnte sie sich lebhaft vorstellen. Wahrscheinlich würde man sie dazu ganz diplomatisch auf dem Wohnzimmersessel anbinden.

Ihre Eltern hatten den dritten Stock erreicht.

»Guten Tag«, empfing sie Caroline mit zittriger Stimme.

Franziska mußte grinsen. Sicher war die Arme wieder über und über mit hektischen Flecken übersät.

»Kommen Sie doch herein!«

»Wo ist Franziska?« polterte der Vater.

»Karl-Heinz, bitte! Denk an Frau Hellmann und ihre Frederike damals!«

»Ich will, daß sie auf der Stelle ihre Sachen packt!«

»Kommen Sie doch erst mal rein«, sagte Caroline höflich.

Selbst ihre Stimme klang irgendwie fleckig, fand Franziska.

Caroline schloß die Tür, und das Gebrüll ihres Vaters klang merklich gedämpft. Franziska wagte sich die Treppe hinunter. Vor der Wohnung blieb sie stehen und lauschte einen Augenblick.

»*Wo ist meine Tochter?*«

»Sie mußte weg. Sie hatte einen Termin beim … einen Termin.«

»Einen Termin, was? Wegen dieser unglückseligen *Sache!*«

»Karl-Heinz! Bitte schrei nicht so!«

»Ich werde hier so lange warten, bis sie wiederkommt. Und dann nehme ich sie mit nach Hause«, kündigte der Vater an. »Die Sache werde ich *ein für allemal* aus der Welt schaffen.«

»Das können Sie gar nicht«, sagte Caroline mutig. »Franziska ist längst volljährig und kann durchaus selber entscheiden, was zu tun ist.«

Liebe Caroline, dachte Franziska draußen vor der Tür. Wenn du nur recht hättest und ich das wirklich könnte!

»Wir warten«, bestimmte der Vater. »So geht das nicht! Vielleicht machen Sie meiner Frau in der Zwischenzeit eine Tasse Kaffee. Sie ist so nervös.«

»Nein«, sagte Caroline, und Franziska hörte deutlich, wie zornig sie war. »Warten Sie, wo immer Sie wollen, wenn Sie Franziska unbedingt noch mehr Schwierigkeiten machen wollen, als sie sowieso schon hat. Aber dies ist auch meine Wohnung, und Sie haben kein Recht, sich gegen meinen Willen hier aufzuhalten.«

»Genau«, sagte Franziska draußen vor der Tür. »Sehr gut!«

Der Vater knurrte etwas Unverständliches.

»Ja, Sie haben recht, wir warten wohl besser unten«, hörte Franziska die Mutter sagen. »Komm schon, Karl-Heinz, wir warten im Auto, wenn es denn unbedingt sein muß.«

»Es *muß* sein«, rief der Vater. »Aber das will ich Ihnen noch sagen, mein junges Fräulein. Wenn Sie glauben, daß *Sie* Franziska mit dieser Haltung helfen, dann sind Sie aber auf dem Holzweg. Ihr jungen Leute glaubt immer, daß ihr allein zurechtkommt, bis ihr die Quittung bekommt. In so einer Situation braucht ein Mädchen seine Eltern.«

Seine wütenden Schritte stampften auf die Wohnungstür zu.

Franziska erschrak. Blitzschnell rannte sie die Treppe hinunter und war draußen auf der Straße, noch bevor sich oben die Wohnungstür geöffnet hatte. Trotzdem stürmte sie zur U-Bahn-Station, als wäre jemand hinter ihr her. Erst als sie glücklich in der Bahn saß, entspannte sie sich etwas. Dabei stand das Schlimmste schließlich noch bevor.

27

Der Frauenarzt hatte seine Praxis in der Neusser Straße in einem sehr edel renovierten Altbau. Im Hausflur standen mehrere topgepflegte Designer-Kinderwagen. Auch die Sprechstundenhilfe hinter dem Tresen – Kirschbaum furniert, genau wie die Schrankwand zu Hause bei den Eltern, schoß es Franziska durch den Kopf – sah mehr aus wie eine Verkäuferin in einer Nobelboutique. Nicht mal einen weißen Kittel trug die.

Franziska war eine halbe Stunde zu früh. Sie reichte ihre Karte über den Kirschbaumtresen.

»Bitte nehmen Sie so lange im Wartezimmer Platz, Frau Sommer«, sagte die elegante Sprechstundenhilfe freundlich.

Auch das Wartezimmer war ganz in furniertem Kirschbaumholz gehalten. Sehr nobel. Franziska ärgerte sich, daß sie das überhaupt registrierte. Bisher hatte sie diesen Dingen niemals irgendwelche Bedeutung beigemessen. In drei Jahren hatte sie den Arzt überhaupt erst dreimal zu Gesicht bekommen. Bei ihren anderen Besuchen hatte sie nur immer das Rezept für die Pille abgeholt.

Sie nahm auf einem freien Stuhl Platz. Außer ihr

saßen noch drei andere Frauen im Raum. Alle drei waren in teure »Happy-Mama«-Ensembles gekleidet und sahen sowohl happy als auch schwanger aus. Sie blätterten ausnahmslos in einem der vielen Nobelmagazine, die man auf einem Beistelltischchen arrangiert hatte. Franziska nahm sich auch eins. Es war eine Wohnzeitschrift der Marke »Unser Haus soll noch größer werden«. Aber sie konnte sich nicht recht auf die kombinierten Wintergärten- und Hallenbäderinterieurs konzentrieren. Bei ihrem überstürzten Aufbruch von zu Hause war keine Zeit mehr gewesen, das Klo aufzusuchen. Und jetzt mußte sie furchtbar nötig.

Franziska wollte sich schon erheben und nach einer Toilette fragen, als ihr einfiel, daß der Arzt nachher wohl ihren Urin für einen Schwangerschaftstest benötigen würde. Wenn sie gerade vorher auf der Toilette gewesen war, hätte sie dann ja keinen Urin mehr für die Untersuchung. Wie peinlich!

Sie beschloß widerwillig, sich das Pipimachen vorläufig zu verkneifen. Mit mäßigem Interesse las sie statt dessen einen Artikel über ein Model in ihrem Alter, das ein klitzekleines Loft von zweihundert Quadratmetern über den Dächern von Paris bewohnte und mit bescheidenen zwei Millionen Franc eingerichtet hatte.

Der Druck in Franziskas Blase wurde immer stärker. Schließlich hielt sie es nicht mehr aus. Sie ging hinaus in den Empfangsraum und beugte sich über den Tresen.

»Entschuldigung«, sagte sie zu der eleganten Sprechstundenhilfe ohne Kittel.

»Ja?«

Franziska zögerte. Neben ihr war eine todschicke junge Mutter dabei, ihr ebenso todschickes Kind in einen der drei todschicken Kinderwagen zu stopfen, die sie vor der Tür gesehen hatte.

Franziska senkte diskret die Stimme. »Ich müßte mal zur Toilette«, flüsterte sie.

»Gleich da vorne«, sagte die Sprechstundenhilfe und deutete auf eine Tür, neben der WC stand.

»Ja, nur ... haben Sie vielleicht ein altes Marmeladenglas?« fragte Franziska leise. »Oder eine Tasse, die Sie nicht mehr brauchen?«

Die Sprechstundenhilfe machte große Augen. Auch die schicke Mutter hörte auf, ihr Kind zurechtzuzupfen, und sah sie neugierig an. Franziska verging beinahe vor Scham.

»Weil ich einen Schwangerschaftstest machen muß«, stotterte sie am Rande einer Ohnmacht. »Da will ich nicht alles ins Klo ... sonst ist ja hinterher keins mehr ... verstehen Sie?«

Die Sprechstundenhilfe öffnete eine Schranktür hinter sich und reichte ihr ein solides Plastiktöpfchen mit Deckel. »Wir haben zu diesem Zweck solche Behältnisse«, sagte sie und lächelte immer noch freundlich. »Bitte achten Sie darauf, den Urin aus dem Mittelstrahl abzufüllen.«

Franziska nahm das Töpfchen mit schweißnassen Händen. »Ja«, flüsterte sie schwach und zog sich hinter die WC-Tür zurück.

Meine Güte, wie peinlich!

Nach einem alten Marmeladenglas zu fragen! Wie konnte man nur so was Dämliches tun? So was konnte ja wohl nur ihr passieren!

Völlig blamiert ließ Franziska sich auf der Brille nieder.

28

Caroline sah unruhig aus dem Fenster. Das Auto von Franziskas Eltern stand immer noch auf der gegenüberliegenden Straßenseite. Wenn sie doch nur endlich wegfahren würden. Vorher wagte sie nicht, das Haus zu verlassen. Diesem Choleriker da unten würde sie glatt zutrauen, daß er sie bis zum Arzt verfolgte und dann Franziska vom Gynäkologenstuhl zerrte. Caroline seufzte. Die Ärmste war jetzt ganz allein dort, und niemand hielt ihre Hand.

Es klingelte Sturm. O nein, dachte Caroline, nicht mit mir, Herr Sommer! Wenn Sie noch ein Wort von mir erfahren wollen, dann müssen Sie schon die Tür eintreten.

Jemand drehte einen Schlüssel im Schloß. Caroline eilte erschrocken in den Flur. Herr Sommer hatte sicher Herrn Kleinschmidt gezwungen, den Zweitschlüssel herauszugeben.

»Wie siehst du denn aus?« fragte Matilda und steckte ihren Kopf zur Tür herein. »Wieder lauter rote Flecken.«

»Gott sei Dank, du bist es!«

»Wer denn sonst, Rotfleckchen?«

»Das sind Franziskas Eltern schuld«, sagte Caroline. »Sie belagern das Haus.«

»Ich weiß, ich habe sie gesehen. Onkel Karl-Heinz stiefelt auf dem Bürgersteig auf und ab, und Tante Elsbeth redet händeringend auf ihn ein.«

»*Bitte*, Karl-Heinz«, klagte Caroline. »Jaja, grauenhaft. Stell dir vor, sie wollen Franziska entführen und zu Hause einsperren, genau wie ich es vermutet habe! Und am allerliebsten würde er sie in eine Klinik nach Holland verfrachten und die Sache in Ordnung bringen. Hat er gesagt. Stell dir das mal vor!«

»Matilda, hat er zu mir gesagt, wenn du auch nur einen Funken Verantwortung in dir trägst, dann bringst du Franziska zur Vernunft und sorgst dafür, daß sie mit uns nach Hause geht.«

»Das schlimme ist, daß die Arme jetzt ganz allein beim Frauenarzt ist«, jammerte Caroline. »Und keiner von uns kann ihr beistehen, weil die bösen Monster vor unserem Haus stehen und uns todsicher verfolgen werden.«

Matilda sah auf ihre Uhr. »Noch ist es früh genug.«

»Aber die werden bestimmt nicht wanken und weichen«, rief Caroline und zeigte aus dem Fenster. »Ich wette, die haben belegte Brote dabei und heißen Tee in der Thermoskanne.«

»Die werden wir ganz leicht los«, sagte Matilda pfiffig. »Wir sagen ihnen einfach, sie sollen Franziska vom Frauenarzt abholen.«

»Bist du wahnsinnig? Dann sehen wir die nie wieder!«

»Beim falschen Frauenarzt natürlich«, frohlockte Matilda.

»Ach, die schöpfen sicher Verdacht. Mir kaufen die das nicht ab. Ich habe mich eben so mit dem Kerl gestritten, das klappt im Leben nicht.«

»Ich mache das«, versprach Matilda und sprang die Treppe hinab.

Auf dem Bürgersteig zog Franziskas Vater immer noch seine Bahnen.

»Karl-Heinz«, sagte seine Frau, »ich bitte dich. Mach wenigstens mal eine Pause. Denk daran, was der Arzt gesagt hat. Wir können doch im Auto warten.«

»Ich denke an unsere Tochter! Und das könntest du zur Abwechslung auch mal tun.«

»Das tue ich doch. Aber ich weiß auch, daß du manchmal ganz schön grob sein kannst. Ich will nicht, daß es mir mit meiner Tochter geht wie der Frau Hellmann mit ihrer Frederike!«

»Du kannst ja nach Hause fahren. Ich gehe jedenfalls nicht ohne meine Tochter von hier weg.«

»Sie hat den gleichen Dickkopf wie du. Das muß man diplomatisch angehen. Das hat Frau Hellmann damals auch gesagt, aber da war es schon zu spät. Die Frederike hat gesagt, sie kommt erst wieder zur Beerdigung der Eltern nach Hause, steil dir das mal vor. Du kannst ein Kind nicht zwingen, Karl-Heinz!«

»Und ob ich das kann«, brüllte Karl-Heinz. »Unter diesen Umständen habe ich nicht nur das Recht, sondern die Verpflichtung dazu! Schließlich hast du mir gesagt, daß dort Männer mit Frauenkleidern herumlaufen – oder etwa nicht?«

»Ja, davon habe ich mich bis heute noch nicht erholt«, stimmte die Mutter zu. »Das Kleid sah aus wie aus Gefrierbeuteln genäht. Und ein Ausschnitt, beinahe bis zum Bauchnabel. Und Haare hatte der auf der Brust! Ganze Büschel! Ich werde das mein Lebtag nicht vergessen.«

»Eben. In so einem Haus bleibt meine Tochter nicht einen Tag länger! Matilda! Da bist du ja wieder. Willst du uns vielleicht endlich sagen, wann Franziska zurückkommt?«

Matilda machte ein zerknirschtes Gesicht. »Wir – ich bitte dich ungern um Hilfe, Onkel«, sagte sie. »Aber in diesem Fall ...«

»Natürlich!« schnaubte der Onkel. »In diesem Fall geht es einfach nicht ohne unsere Hilfe! Ich hoffe, daß du das endlich eingesehen hast.«

»Karl-Heinz, bitte!«

»Es ist nämlich so«, fuhr Matilda fort und machte ein noch zerknirschteres Gesicht. »Franziska hat einen Termin beim Frauenarzt. Und es geht ihr nicht besonders gut, deshalb hat sie eben angerufen und gefragt, ob wir sie nicht abholen könnten. Caroline hat gesagt, wir sollen euch auf keinen Fall darum bitten, und das Geld für ein Taxi könnten wir auch noch irgendwie zusammenkratzen, aber ich finde – na ja, wir haben kein Auto, und ihr seid ja sowieso hier, um mit Franziska zu sprechen – dann könntet ihr sie doch auch abholen.«

»Sehr vernünftig. Hast du das gehört, Elsbeth? Nicht mal Geld für ein Taxi haben sie. Ist es nicht so? Habe ich nicht gleich gesagt, daß es vorne und hinten nicht reicht? Natürlich werden wir Franziska abholen und mit nach Hause nehmen. Ich bin froh, daß du endlich einsiehst, daß ihr hier nicht ohne uns weiterkommt. Aber ich hoffe, du lernst auch daraus.«

»Ja«, sagte Matilda kleinlaut. »Aber ihr kommt doch noch einmal her, damit Franziska ihre Sachen packen kann, oder?«

»Nein«, bestimmte der Onkel und zerrte seine Frau bereits über die Straße. »Wenn du deiner Cousine helfen willst, dann kannst du ihre Sachen zusammenpacken. Ich hole sie dann heute abend ab. Wo ist die Praxis von dem Frauenarzt?«

»In der Christopherusstraße«, sagte Matilda mit gesenktem Kopf. »Ganz am Ende, ich glaube, die Hausnummer ist sechsundvierzig.«

Sie wartete ungeduldig, bis das Auto mit Franziskas Eltern um die Ecke gebogen war, um dann eilig die Treppe hochzusprinten.

29

»Gehen Sie bitte in Kabine zwei und machen sich unten herum frei«, sagte die Sprechstundenhilfe zu Franziska.

Es war eine andere als die, die draußen hinter dem Tresen saß. Die hier trug immerhin einen weißen Kittel.

»Haben Sie mein Pi ... meinen Urin schon getestet?« fragte Franziska. »Ich hatte ihn der Frau draußen im Flur gegeben.«

»Die Laborergebnisse können Sie in ein paar Tagen telefonisch erfragen«, sagte die Sprechstundenhilfe. »Das dauert immer etwas.«

»In ein paar Tagen?« rief Franziska erblassend. »Das kann doch nicht sein. So was dauert bloß vier Minuten. Dafür braucht man doch kein Labor.«

»Was meinen Sie?«

»Ich hatte so einen Test aus der Apotheke. Der dauerte nur vier Minuten, dann wußte man das Ergebnis. Warum machen Sie nicht so einen?«

»Einen Schwangerschaftstest?« fragte die Sprechstundenhilfe. »Warum sagen Sie das nicht gleich? Das gehört ja bei uns nicht zu den Routineuntersuchungen. Ich gehe und schaue nach, und Sie machen sich unten herum frei und gehen dann geradeaus durch die andere Tür ins Behandlungszimmer.«

Im Behandlungszimmer wartete eine weitere Sprechstundenhilfe auf sie, ebenfalls im Kittel und bebrillt.

»Legen Sie sich bitte schon mal auf den Stuhl«, befahl sie.

Franziska gehorchte. Die bebrillte Sprechstundenhilfe half ihr ungebeten, ihre Beine links und rechts in die dafür vorgesehen Stützen zu hängen.

»Der Doktor kommt gleich«, sagte sie und legte einige Geräte zurecht, die wie überdimensionale Schuhanzieher aussahen.

Franziska nickte unglücklich. Sie kam sich unheimlich blöd vor. Das konnte doch nicht angehen, daß man unten ohne und bereits im Gynäkologenstuhl eingehängt ein ernsthaftes Gespräch mit einem vollständig bekleideten Arzt führen sollte. Über solch ein Thema! Wie peinlich! Und wie unmöglich! Franziska beschloß, die Praxis zu wechseln, wenn sie nur erst diese Sache hinter sich gebracht hatte. Bei allem furnierten Kirschbaum da draußen, die hatten einfach keinen Stil hier!

»Guten Tag«, sagte eine Männerstimme über ihr, und Franziska zuckte zusammen.

Der Doktor hatte sich durch eine Seitentür unbeobachtet genähert. Er war um die Vierzig, braungebrannt und sehr gutaussehend. Genau wie Dr. Stefan Krank, der Arzt, dem die Frauen vertrauen! Offensichtlich fand er es selber stillos, einer Person die Hand zu reichen, die bereits entblößt und in einer eher ungewöhnlichen Position vor ihm saß.

Wortlos zog er Gummihandschuhe über die beringten Finger und betrachtete dabei Franziskas Karteikarte. Bevor er einen der Schuhlöffel ergreifen konnte, zog Franziska es vor, das Wort zu ergreifen.

»Ich bin gekommen, weil ich schwanger bin«, sagte sie schnell. »Ich habe einmal vergessen, die Pille zu nehmen, und nun bin ich drei Wochen über die Zeit.«

Der Doktor nickte. »Bauchdecke entspannen«, sagte er freundlich, und Franziska schloß kurz die Augen, um nicht zu sehen, was er mit dem großen Schuhanzieher tat. »Haben Sie in der Zeit die Pille weitergenommen?«

»Natürlich nicht«, sagte Franziska.

»Standen Sie in letzter Zeit unter großem psychischem Druck?«

»Natürlich«, fauchte Franziska. »Was denken denn Sie? Die letzten drei Wochen waren die Hölle!«

Der Doktor zog die Handschuhe aus und tastete ihre Bauchdecke ab. »Ich meinte mehr die Zeit davor«, sagte er sanft.

Franziska überlegte. Das war schon irgendwie aufregend gewesen, dieses Versteckspiel mit Jan und Cornelius, aber unter ungewöhnlichem Druck hatte sie deswegen nicht gestanden. Sie schüttelte den Kopf.

»Haben Sie manchmal Schmerzen in der Bauchgegend oder ungewöhnlich viel oder ungewöhnlich gefärbten oder ungewöhnlich riechenden Ausfluß?«

Franziska schüttelte wieder den Kopf. So was fragte Dr. Stefan Krank, der Arzt, dem die Frauen vertrauen, im Fernsehen aber nie. Das nächste Mal würde sie zu einer Ärzt*in* gehen, soviel stand fest.

»So, so«, sagte der Doktor und drehte sich zu der bebrillten Sprechstundenhilfe um. »Melanie, seien Sie so gut und schieben Sie das Ultraschallgerät auf diese Seite, bitte. Und Sie, junge Dame, legen sich bitte mit ausgestreckten Beinen auf die Liege.«

Franziska gehorchte. Ein Ultraschallgerät, auch das noch! Der Bildschirm flimmerte unheilsverkündend. Bevor Dr. Stefan Krank ihr jetzt rührende Bilder von der befruchteten Eizelle zeigen würde, meinte Franziska, sei es besser, ihn darüber aufzuklären, daß sie nicht unbedingt vorhatte, das Kind zu bekommen.

»Ich will überhaupt kein Baby haben,wenn es sich irgendwie vermeiden läßt«, erklärte sie.

»Das werden Sie auch nicht«, sagte der Doktor und schmierte den Ultraschallkopf mit einer glibberigen, rosafarbenen Masse ein.

»Nicht?« Franziska war verwirrt.

»Nein«, sagte der Doktor und drückte ihr den Ultraschallkopf auf den Bauch.

Franziska zuckte zusammen. Das Gel war kalt und klebrig. »Aber wie wollen Sie das so schnell – in Ordnung bringen?«

»Liebe junge Dame, Sie sind überhaupt nicht schwanger«, sagte der Arzt. »Das hätten Sie selber ganz leicht mit einem Schwangerschaftstest aus der Apotheke feststellen können.«

»Ich bin überhaupt nicht schwanger?« wiederholte Franziska.

»Wenn ich es Ihnen doch sage.« Der Doktor starrte intensiv auf den Bildschirm. »Das Ergebnis kann ich Ihnen nebenan nachher zeigen. Aber wir müssen jetzt die Ursache für das Ausbleiben Ihrer Regel finden.«

Franziska schwieg überwältigt und ertrug klaglos, daß der Doktor ihren Bauch mit dem Ultraschallkopf fast zerquetschte.

»Vielleicht wurde mein Pi – mein Urin mit dem von jemand anderem verwechselt«, sagte sie dann.

»Nein, ganz sicher nicht«, beteuerte der Doktor. »Aber hier haben wir doch etwas Interessantes. Schauen Sie mal her!«

Franziska setzte sich auf. »Ich bin wirklich nicht schwanger?«

»Nein«, wiederholte der Doktor geduldig. »Und hier sehen Sie die Ursache für das Ausbleiben Ihrer Regel.«

Auf dem Bildschirm war eigentlich nichts zu erkennen. Unterschiedlich helle Partien flimmerten scheinbar systemlos ineinander. Aber der kluge Doktor konnte damit trotzdem etwas anfangen.

»Das ist Ihre Gebärmutter«, behauptete er, ließ den Ultraschallkopf auf ihrem Bauch herumwandern und zeigte auf verschiedene dunkle Flecken. »Und das, was so flackert und pulsiert, ist eine dicke Arterie. Und sehen Sie, hier oben, das sind Ihre Eileiter. Der linke da, und der rechte hier vorne. Und sehen Sie, hier, dieses dunkle Gebilde dort, das gehört nicht dorthin.«

»Ist es etwas Schlimmes?«

Der Doktor wiegte den braungebrannten Kopf hin und her.

»Nicht unbedingt«, meinte er. »Ich persönlich halte es für eine harmlose Zyste. Aber genau wissen wir das erst, wenn wir sie entfernt haben.«

»Können Sie das jetzt gleich machen?« fragte Franziska.

Sie wollte schnell nach Hause, um der ganzen Welt mitzuteilen, daß sie gar nicht schwanger war.

Der Doktor lachte. Jetzt sah er wieder ganz genauso aus wie Dr. Stefan Krank aus dem Fernsehen. Sehr nett, eigentlich. Franziska beschloß, das nächste Mal vielleicht doch wieder hierherzukommen.

»Das wird im Krankenhaus gemacht«, erklärte Dr. Stefan Krank liebenswürdig. »Unter Narkose. Ich telefoniere gleich mal mit dem Kollegen im Evangelischen Krankenhaus, ob wir diese Woche noch einen OP-Termin für Sie bekommen.«

»Das wäre nett«, sagte Franziska und lächelte zum ersten Mal seit Wochen richtig herzlich.

30

Im Flur neben dem Kirschbaumtresen mit der eleganten, kittellosen Sprechstundenhilfe standen Matilda und Caroline. Sie sahen abgehetzt aus und machten sehr besorgte Gesichter. Carolines linker Zopf hatte sich aufgelöst, ihre Kniestrümpfe waren heruntergerutscht, und Matildas Wimperntusche war zerlaufen. Franziska kam es jedoch vor, als habe sie niemals etwas Schöneres gesehen, als diese beiden Gestalten. Sie merkte, wie ihr die Tränen in die Augen schossen.

»Ach, ihr«, schluchzte sie und umarmte alle beide.

Caroline und Matilda erschraken fürchterlich.

»Um Himmels willen«, flüsterte Caroline und streichelte dabei hilflos über Franziskas Rücken. »Ist es so schlimm?«

»Morgen komme ich ins Krankenhaus«, heulte Franziska glücklich.

»Was? So schnell? Ich dachte, du könntest es dir noch mal überlegen«, meinte Matilda entsetzt und sprach dann hastig und ohne Luft zu holen weiter: »Weißt du, eigentlich hat Caroline nämlich recht. Wir schaffen das mit links mit so einem Baby. Die ersten paar Monate schreit es vielleicht ein bißchen oft, aber wir sind ja zu dritt und können ihm immer abwechselnd die Brust geben. Und wenn es die ersten sechs Monate überlebt hat, ist der Rest ein Klacks, du wirst sehen. Und was den finanziellen Aspekt der ganzen Sache angeht: Mit all dem Unterhalt und dem Kindergeld und dem Erziehungsgeld vom Staat, da stündest du viel besser da als jetzt. Ich weiß, daß ich immer diejenige war, die am meisten dagegen geredet hat, aber mittlerweile – also, da bin ich mir fast sicher, daß ...«

Sie mußte kurz innehalten, um nach Atem zu schnappen. Franziska nutzte die Pause, um ihr den Mund zuzuhalten.

»Jetzt hör doch mal auf«, sagte sie. »Ich muß mich gar nicht mehr entscheiden. Ich bin überhaupt nicht schwanger.«

»Nicht?«

»Aber warum mußt du dann morgen ins Krankenhaus?«

»Ich habe eine Zyste!« jubelte Franziska unter Tränen »Die war auch schuld, daß ich meine Tage nicht bekommen habe!«

»Ist das wahr?« fragte Matilda und drehte sich zu der eleganten Sprechstundenhilfe hinter dem Tresen um. »Ist das wirklich wahr?« wiederholte sie schreiend.

Die Sprechstundenhilfe wich etwas zurück. »Nun«, sagte sie, »das weiß ich nicht. Aber was immer es auch ist, es gibt weder einen Grund, sich über eine Zyste zu freuen, noch hier so herumzuschreien. Ich muß Sie doch bitten, das vor der Tür zu tun.«

»Ja, das tun wir wohl besser«, meinte Caroline und zog Franziska und Matilda zur Tür.

»Auf Wiedersehen«, sagte Franziska über ihre Schulter hinweg. »Und vielen Dank für das Pipitöpfchen.«

Den ganzen Weg nach Hause ließ Franziska Matildas und Carolines Hand nicht los. »Ihr wart ja so lieb zu mir«, sagte sie. »Und dabei war ich sicher unerträglich in diesen letzten Wochen. Ich werde euch das niemals vergessen.«

»Ich werde das auch niemals vergessen«, meinte Matilda. »Es war das erste Mal, daß ich es zu Hause spannender fand als irgendwoanders.«

»Und wie seid ihr meine Eltern losgeworden?« fragte Franziska, als sie aus der U-Bahn-Station kamen.

»Matilda hat sie zu einem Frauenarzt in die Christopherus-Straße geschickt«, kicherte Caroline. »Da werden sie jetzt noch stehen und auf die Herausgabe ihrer Tochter beharren!«

»Da steht aber jemand vor unserer Haustür«, bemerkte Matilda. »Wenn das dein Vater ist, war er schneller, als ich dachte.«

»Das ist Johannes«, meinte Caroline. »Wir waren verabredet.«

»Ihr seid irgendwie jeden Tag verabredet, oder?« fragte Matilda. »Hast du dich denn mittlerweile in ihn verknallt?«

»Weiß ich nicht«, erwiderte Caroline. »Vielleicht.«

»Hallo«, sagte Johannes. »Ich wollte gerade wieder gehen.«

»Wir mußten noch etwas Wichtiges erledigen«, entschuldigte sich Caroline. »Es tut mir sehr leid, wenn du warten mußtest.«

»Eigentlich macht es nichts. Es war brennend interessant hier. Zuerst kam eine alte Frau, die mich ankeifte, so würde das nicht mehr weitergehen. Entweder ich würde endlich das Treppenhaus putzen, oder sie würde einen langen Beschwerdebrief an das Bildungsministerium schreiben. Ich habe mich nicht getraut, sie zu fragen, was das Bildungsministerium mit eurem Flur zu tun hat. Aber ich habe gesagt, daß ich nicht im Traum daran dächte, den Hausflur zu putzen, und da hat es keine zwei Minuten gedauert, bis ein kleiner, dicker Mann und ein großer sabbernder Hund kamen, um mich zu zerfleischen. Ich wundere mich wirklich, wo ihr hier wohnt.«

»Das waren die alte Putzfee aus dem zweiten Stock und Herr Kleinschmidt und sein Zerberus«, erklärte Matilda. »Und ich bin Matilda, erinnerst du dich?«

»Natürlich«, sagte Johannes. »Du bist die mit dem Kleid! Und den Ohrringen! Und dem Lippenstift.«

Matilda strahlte. Franziska stieß Caroline in die Rippen.

»Genau die«, lächelte Matilda.

Caroline fand, daß sie echt übertrieben mit den Wimpern klimperte. Aber Johannes fand das wohl nicht. Er schaute Matilda ganz freundlich an.

Caroline fühlte einen kleinen Stich in der Bauchgegend. Na klar, Matilda gefiel ihm. Matilda gefiel allen Männern.

»Wir gehen jetzt«, sagte Caroline zu Johannes und zupfte ihn am Arm. »Komm. Tschüs, Mädels.«

»Tschüs«, sagte Johannes.

»Tschüs«, hauchte Matilda und lächelte noch strahlender. »Bis hoffentlich bald mal.«

»Ja, sicher«, erwiderte Johannes. »Ganz bestimmt sogar.«

Caroline zog ihn zu seiner Ente.

»Was soll das?« fragte Franziska Matilda.

»Was denn?«

»Warum beflirtest du ausgerechnet Carolines Typ? Wo du doch drei Kerle an der Angel hast!«

Matilda war völlig konsterniert. »Ich? Geflirtet? Nur weil ich nicht unfreundlich war?«

»Komm schon, Matilda, mir kannst du nichts vormachen. Der gefällt dir, aber du wirst die Finger von ihm lassen. Johannes gehört Caroline.«

»Von mir aus«, maulte Matilda. »Aber ich sehe was, was du nicht siehst.«

»Und was ist das?« fragte Franziska, die dabei war, die Haustür aufzuschließen.

»Es ist rot und groß, und drinnen sitzt jemand, der ein sehr böses Gesicht macht.«

Franziska drehte sich erschrocken um. »Meine Eltern«, rief sie. »Um Himmels willen! Haben sie uns gesehen?«

»Ich denke schon«, sagte Matilda und schubste Franziska in den Hausflur. »Aber wir gehen jetzt in unsere Wohnung und schließen dreimal ab. Dann kann er sich zur Kühlbox schellen, wenn er will. Oder wir gehen zu Ollie und Benedikt. Die müssen mittlerweile zurück sein. Und bei denen hören wir die blöde Klingel auch nicht.«

Franziska schloß auch die Haustür von innen ab.

»Franziska«, brüllte es vor der Tür.

»Gib keine Antwort«, flüsterte Matilda und wollte sie die Treppe hochziehen.

Aber Franziska brachte es nicht über sich. »Was willst du denn, Papa?« rief sie.

»Ich will, daß sofort aufmachst und uns das Theater erklärst. Und dann kommst du mit uns nach Hause.«

»Karl-Heinz, *bitte*!«

»Papa, es ist alles in Ordnung. Ich komme *nicht* mit nach Hause. Mir geht es gut, ich bin *nicht* schwanger und alles, was du glaubst, stimmt auch *nicht*. Also geht nach Hause und laßt uns in Ruhe.«

»Das glaube ich nicht«, schrie der Vater. »Du lügst, um uns loszuwerden. Aber wir sind deine Eltern, und es ist immer noch unsere Pflicht, für dich zu sorgen. Und jetzt, wo du bewiesen hast, daß du dazu selber nicht in der Lage bist, kommst du auf der Stelle wieder mit nach Hause.«

»Komm schon«, sagte Matilda und zog Franziska wieder zur Treppe. »Laß ihn hier unten stehen und brüllen, bis er heiser ist.«

»Tschüs, Papa«, sagte Franziska.

»Franziska! Hörst du? Du machst jetzt sofort die Tür auf. Was ist das denn überhaupt für eine Art, seine Eltern zu behandeln? So haben wir dich nicht erzogen.«

Aber den letzten Satz hörte Franziska schon nicht mehr.

31

Die Hitzewelle wollte kein Ende nehmen. Um in der Wohnung eine halbwegs erträgliche Temperatur zu erzielen, ließen sich die Mädchen einiges einfallen. Alle Fenster und Türen, einschließlich der Wohnungstür, wurden weit geöffnet und mit schweren Gegenständen, bevorzugt dicken Lehrbüchern für klinische Psychologie und Kontrapunktlehre, am Zuschlagen gehindert. Dadurch entstand permanenter Durchzug, was man bei dieser Hitze nur als angenehm empfinden konnte. Die in den Hof gehenden Fenster, auf die den ganzen Tag die Sonne schien, verhängten sie jeden Morgen mit feuchten Laken – Carolines Idee –, und überall waren Schüsseln und Eimer mit kaltem Wasser aufgestellt, die laut Caroline Verdunstungskühle erzeugten. Den kleinen Balkon vor Carolines Zimmer hatten sie mit Nessel vom Wochenmarkt zu vier Mark den Meter abgehängt, und dort lagen sie im Schatten völlig regungslos in zwei blauweiß gepunkteten Liegestühlen, die gleichzeitig mit zwei Blumenkübeln und einem Eimer Wasser auf dem Balkon unterzubringen ein schwieriges Problem gewesen war.

Matilda schwor auf die Wirkung von Eiswürfeln, von denen sie daher täglich etwa eine Tonne im Gefrierfach des Kühlschranks herstellten. Sie häufte sie sich auf den Bauch und ließ sie unter der Zunge zergehen. Manchmal gelang es ihr auf diese Weise sogar zu frieren, und sie war so nach Carolines Meinung die einzige Person in der Stadt, die dieses Gefühl erleben durfte.

»Du kannst es auch erleben«, meinte Matilda und wollte bereitwillig die rasch schmelzenden Eiswürfel von ihrem Bauch auf Carolines Bauch schieben.

»Untersteh dich«, japste Caroline. »Jeder hat seine eigene Methode, mit der Hitze fertig zu werden.«

Sie schwor auf das Schlürfen von lauwarmen Kräutertees und eine auf das allernötigste minimierte körperliche Tätigkeit.

»Die arme Franziska«, seufzte sie. »Im Krankenhaus war es noch viel wärmer als hier, nachdem die Klimaanlage ausgefallen war. Aber Hauptsache, diese Zyste war harmlos, und sie ist ihre Sorgen los.«

»Ja«, antwortete Matilda abgelenkt und kicherte über eine Stelle in dem Roman, den sie gerade las. Er hieß »Männer und andere Katastrophen« und war eigentlich als Krankenhauslektüre für Franziska gedacht. Aber Franziska hatte gesagt, sie wolle ihn später lesen, wenn sie ihren Humor wiedergefunden habe. So lange durfte Matilda ihn behalten.

»Das Buch mußt du unbedingt auch mal lesen, Caro. Das ist total komisch«, meinte sie.

Caroline drehte langsam den Kopf zur Seite. »Spielt es im Winter?« wollte sie wissen. »In Sibirien? Sonst lese ich es nämlich nicht.«

»Ihr werdet niemals glauben, was ich gerade erfahren habe«, rief jemand hinter ihnen. Es war Benedikt. Er war durch die offene Tür in die Wohnung gekommen.

»Es gibt wieder Deckenventilatoren zu kaufen?« riet Matilda hoffnungsvoll. »Gestern war in der ganzen Stadt kein einziger mehr zu bekommen, das muß man sich mal vorstellen.«

»Falsch – und viel lustiger. Rate du auch mal, Caroline.«

»Es ist zu heiß für solche Spiele. Sag, was los ist, oder geh wieder in deine Sauna unterm Dach.«

»Ihr würdet es sowieso nie raten.« Benedikt versuchte, irgendwo zwischen den Blumenkübeln und den Liegen ein Bein auf den Boden zu bekommen. Das war nicht einfach. Aber schließlich hatte er es geschafft. Sein Standbein klemmte zwischen dem Geländer und dem Topf mit Küchenkräutern, und das andere stellte er in den obligatorischen Wassereimer.

»Huh, ganz schön kalt!«

»Dieser See wird von Gletscherwasser gespeist«, bemerkte Matilda und deutete auf die Eiswürfel auf ihrem Bauch. »Jetzt sag schon, was passiert ist, mein Buch ist sehr spannend.«

»Ihr werdet nie raten, wo die *Resistenten Kakerlaken* an diesem Wochenende spielen werden!«

»Auf dem fünfundsiebzigsten Jubiläum der Metzgerinnung von Köln-Kalk«, mutmaßte Caroline.

»Nein«, schrie Benedikt begeistert und versuchte, den anderen Fuß ebenfalls in das Eiswasser zu tunken. »Die Resistenten Kakerlaken spielen auf Jans Verlobungsfeier.«

»Was?« rief Caroline. »Unmöglich!«

Matilda kratzte sich ungerührt am Kopf. »Muß ich den kennen?«

»Mensch, Matilda!« rief Caroline. »Das ist Jaguar-Jan und die schöne Blonde von der *Wahren Liebe*! Was für ein Zufall, Benedikt!«

»Ja, nicht wahr«, sagte Benedikt. »Die haben uns schon vor drei Monaten gebucht, aber bis heute wußte ich nicht, um wen es sich handelt. Von Braun – so kann im Grunde doch jeder heißen.«

»Vielleicht ist es ja ein anderer von Braun.«

»Nein«, sagte Benedikt vergnügt. »Die haben nämlich angefragt, ob wir nicht ein Lied für das Verlobungspaar komponieren könnten, für zwei Hunderter mehr, und wir haben natürlich ja gesagt und die Ballade von Bonnie und Clyde umgedichtet auf Jan und Melanie.«

»Wie blöd«, fand Caroline. »Die Silbenverteilung ist ja völlig anders, und außerdem paßt der Text nicht zu diesem Anlaß.«

»Ich finde, mehr kann man für zweihundert Mark nicht erwarten«, sagte Benedikt und summte die ersten zwei Takte von Bonnie und Clyde vor sich hin. »Das Witzigste ist, daß wir den Typen vom Partyservice ebenfalls kennen, und der hat Ollie für den Abend einen Job als Kellner angeboten. Ollie sagt, er wird diesem Jan was über seinen Frack kippen.«

Matilda ließ nachdenklich die »Männer und andere Katastrophen« auf die Eiswürfel sinken.

»Eigentlich wäre das die Gelegenheit, um es diesem Kerl heimzuzahlen«, sagte sie rachsüchtig. »Meinst du, euer Bekannter kann noch ein paar mehr Kellner gebrauchen?«

»Keine Ahnung«, meinte Benedikt. »Aber fragen kann man ja mal.«

»Frag, ob er zwei unheimlich erfahrene Kellnerinnen brauchen kann«, bettelte Matilda.

»Ich kann so was nicht!« sagte Caroline. »Ich kann überhaupt kein Kopfrechnen.«

Matilda lachte sich kaputt. »Hahaha. Rechnen! Meinst du, bei der Verlobungsfeier müssen die Leute was für ihre Getränke bezahlen?«

»Und selbst, wenn nicht. Was sollen wir denn da großartig tun? Dem Kerl Suppe über den Frack gießen, alle Mann? Tolle Rache!«

»O nein«, frohlockte Matilda. »Das machen wir viel subtiler. Wir verderben ihm die ganze Sache gründlich. Seine Bonnie-Melanie wird ihm den Verlobungsring in den Rachen stopfen!«

Benedikt fand, daß das einen Versuch wert sei. Mühsam manövrierte er seine Füße aus dem Eimer und zog sich zum Telefonieren in die Wohnung zurück.

»Warum lassen wir die Sache nicht einfach auf sich beruhen? Du immer mit deiner Rache«, brummelte Caroline. »Außerdem ist das Franziskas Angelegenheit, oder etwa nicht?«

»Nein«, sagte Matilda überzeugt. »Das ist etwas, was alle Menschen angeht! So was müssen wir uns nicht gefallen lassen.«

»Etwas, das alle Menschen angeht, ist die Umweltverschmutzung oder das Problem der hungernden Kinder in der Dritten Welt«, sagte Caroline. »Aber doch nicht Jan Sowieso und seine Amouren.«

»Jan von Braun«, sagte Benedikt hinter ihnen. »Tim sagt, er kann noch eine Kellnerin gebrauchen. Aber nur eine.«

»Das macht Matilda«, rief Caroline froh. »Ich kann so was ja auch gar nicht.«

»Nein«, widersprach Matilda. »Das machst du. Du wirst eine liebliche, rotgelockte Kellnerin im weißen Schürzchen abgeben. Das gehört zu meinem Plan.«

»Welchem Plan?«

»Den, den ich gerade eben gemacht habe. So was geht bei mir blitzschnell.«

»Und du, bleibst du etwa hier zu Hause?«

»Nein, natürlich nicht«, sagte Matilda. »Ich werde auch da sein. Als Gast. So was fällt bei einem großen Fest überhaupt nicht auf.«

32

Caroline verfluchte Matildas Plan auf das heftigste. Es war immer das gleiche bei Matilda. Ehe man sich's versah, befolgte man ihre Anweisungen und war in eine peinliche Situation verstrickt, in der man sich am Ende fürchterlich blamierte. Caroline schaute unglücklich an sich herunter. Wie saublöd sie aussah! Das schwarze Kleid und das weiße Rüschenschürzchen gingen ja noch gerade so, aber dieses kleine weiße Ding auf ihrem Kopf, so eine Mischung zwischen Häubchen und Schleife, war ja wohl absolut lächerlich. Aber Matilda hatte darauf bestanden.

»Du siehst damit so unschuldig und brav aus«, hatte sie gesagt, »und genau das sollst du auch. Kennst du dein Stichwort noch?«

»Ja«, hatte Caroline geseufzt.

Das tat sie auch jetzt.

Sie hatte Anweisung, mit einem Tablett voller gefüllter Sektgläser am Rand der riesenhaften Terrasse zu stehen, die vorbeischlendernden Gäste anzulächeln und dabei zu fragen: »Ein Glas Champagner?«

Im Grunde brauchte sie gar nicht zu fragen, denn die meisten Leute nahmen sich den Champagner auch ohne Aufforderung vom Tablett oder stellten ihre leeren Gläser darauf ab, als wäre sie kein Lebewesen, sondern ein Pappbutler mit Haltevorrichtung.

Jans und Dingsdas Verlobung fand unter freiem Himmel statt. Kein einziges Wölkchen trübte die Veranstaltung. Der Garten der von Brauns war riesig – parkähnlich angelegt, mit kleinen Pavillons, weitläufigen Rasenflächen und jeder Menge blühenden Beeten.

Die »Resistenten Kakerlaken«, heute als »The Golden Tiepins« in Anzug und Krawatte, hatten sich am Kopfende des Swimmingpools aufgebaut und spielten schon seit etwa einer Stunde seichte Hintergrundmusik. Ollie stand hinter dem gewaltigen Büfett und verteilte Kartoffelgratin und Schweinefiletspitzen auf die Teller der Gäste. Davon gab es schätzungsweise hundertundfünfzig, und es wurden immer mehr. Sie stapelten edel verpackte Geschenke auf einem extra dafür vorgesehenen Tisch von etwa drei Meter Länge. Direkt daneben standen Jan und Melanie und lächelten zufrieden. Melanie trug ein weißes Kleid, das sehr an ein Brautkleid erinnerte. Es war grauenhaft. Ziemlich am anderen Ende des Gartens stand Matilda und unterhielt sich mit wildfremden Leuten, als würde sie sie schon ewig kennen. Sie sah sehr elegant aus, weil sie im letzten Augenblick darauf verzichtet hatte, Benedikts Mülltütenkleid anzuziehen.

»Ich darf am Anfang nicht zu sehr auffallen«, hatte sie erklärt, »sonst erkennt mich der Typ noch und schmeißt mich raus, bevor die Sache über die Bühne gegangen ist.«

Caroline beschloß, ihren Standort ein wenig zu ändern. Sie balancierte das Champagnertablett direkt neben Matilda.

Matilda merkte es nicht. Sie war zu sehr vertieft in ein Gespräch mit zwei jungen Männern, deren Visitenkarten sie bereits huldvoll entgegengenommen und in ihrem kleinen Abendtäschchen hatte verschwinden lassen.

»Ein Glas Champagner?« fragte Caroline.

»Was machst du hier?« zischte Matilda. »Niemand darf

uns zusammen sehen. Sonst sieht es so aus, als wäre es eine abgesprochene Sache.«

»Es *ist* eine abgesprochene Sache«, sagte Caroline, aber sie ging gehorsam zurück an ihren alten Platz.

Nach einer halben Ewigkeit bot Jans Vater den Resistenten Kakerlaken schließlich mit einer Handbewegung Einhalt, klopfte an sein Champagnerglas und wartete, bis sich die Gäste rund um den Swimmingpool versammelt hatten. Es war zwar noch lange nicht dunkel, aber überall gingen bereits Bedienstete herum und entzündeten Gartenlichter und Laternen.

»Meine sehr verehrten Gäste, liebe Freunde«, begann Jans Vater mit salbungsvoller Stimme. »Ich freue mich, daß ihr so zahlreich erschienen seid, zu diesem wunderbaren Ereignis, der Verlobung meines Sohnes Jan und der reizenden Melanie, der Tochter meines alten Freundes Hermann.«

Die Leute klatschten begeistert. Der Vater fuhr fort zu reden, über seinen alten Freund Hermann und die wunderbare Jugendzeit und darüber, wie sie, also er und Hermann, sich immer ausgemalt hätten, wie schön es doch wäre, wenn ihre Kinder sich eines Tages miteinander verheiraten würden. Und wie glücklich er darüber sei, daß dieser Wunsch nun in Erfüllung gehe.

Caroline gähnte. Sie sah, wie Matilda aus dem Haus kam – was zum Teufel hatte sie darin gesucht? – und sich unauffällig immer weiter nach vorne drängelte, bis sie schließlich ganz in der Nähe der reizenden Verlobten stand.

Die Rede des Vaters wollte und wollte kein Ende nehmen. Er redete sehr viel über seine Geschäftsbeziehungen und Jans Talente, diese fortzuführen, und Caroline fragte sich schließlich ernsthaft, ob der Gute sich nicht ins eigene Fleisch schnitt, wenn er sich selbst nichts mehr für die Hochzeitsrede übrigließ. Es sei denn, er wollte das Ganze noch einmal erzählen. Die Gäste konnten einem jetzt schon leid tun.

Endlich aber kam er zum Schluß und bat die Resistenten Kakerlaken, das eigens für diesen Anlaß komponierte Loblied auf Jan und Melanie vorzutragen und damit die Tanzfläche offiziell freizugeben.

Benedikts Version von Bonnie und Clyde war ziemlich scheußlich, aber die Zuschauer klatschten dennoch begeistert. Caroline hörte befriedigt, wie einer der feinen Herren im schwarzen Anzug zu einem anderen sagte, daß er die Band großartig fände und unbedingt eine Visitenkarte ergattern wolle.

Nach Bonnie und Clyde spielten die Resistenten Kakerlaken etwas flottere Tanzmusik. Matilda warf Caroline einen aufmunternden Blick zu. Caroline straffte ihre Haltung ein wenig.

Jetzt ging es los. Hoffentlich verpaßte sie ihr Stichwort nicht.

Matilda klopfte von hinten auf Melanies Schulter. »Hallo, Melanie«, sagte sie. »Ich bin Leonora.«

»Ach«, sagte Melanie. »Kenne ich dich nicht von irgendwoher?«

»Nein«, sagte Matilda fest. »Du hast mich noch nie gesehen, aber sicher schon von mir gehört. Du und Jan, ihr sagt euch doch alles. Hör mal, ich wollte euch beiden nur ganz lieb zur bevorstehenden Hochzeit gratulieren. Ich weiß, das klingt jetzt blöd, aber ich möchte, daß du weißt, daß ich das völlig in Ordnung finde, wenn Jan in Zukunft weniger Zeit für mich hat.«

»Wie meinst du das?« fragte Melanie.

»Na ja!« Matilda lächelte. »Bisher hatten wir immer den ganzen Donnerstag für uns und noch so manche Nacht im Hotel, doch ab jetzt wird das sicher anders. Ich weiß zwar von Jan, daß du nicht eifersüchtig bist, aber ich kann verstehen, wenn du ihn in nächster Zeit etwas mehr für dich haben willst.«

»Was redest du da?« Melanie bekam einen leicht irren Blick. »Du und Jan. Ihr habt was miteinander? Willst du das damit sagen?«

»Ja, und du weißt auch, daß das nichts zu bedeuten hat. Jan und ich, wir haben viel Spaß miteinander – und sonst nichts. Schließlich bist *du* die Frau, die er heiratet, und nicht ich, oder?«

Matilda lachte fröhlich.

»Wann – wie ...«, stotterte Melanie. »Wann habt ihr euch denn das letzte Mal gesehen?«

»Och«, sagte Matilda und lachte wieder. »Er hatte ja so viel zu tun in den letzten Tagen, aber Sonntag hatten wir noch eine heiße Nacht. Deshalb bin ich ja auch hier.«

»*Was*?« schrie Melanie.

Matilda machte eine unauffällige Handbewegung zu den Resistenten Kakerlaken hinüber. Eine Sekunde später verstummte die Musik. Caroline freute sich. Das klappte ja ganz wunderbar. Im Film hörte die Band zwar auch immer auf zu spielen, wenn es peinlich wurde, aber da fragte man sich immer: *Warum*? Schließlich hatte ja nicht jeder so gute Kontakte zum Gitarristen wie sie.

Die Gäste wurden unruhig.

»Jan hat mir am Sonntag ein ganz rührendes Geschenk gemacht«, fuhr Matilda gut vernehmbar fort und zog Franziskas Armband aus ihrem Abendtäschchen. »Ich weiß zwar, daß du nicht zu den Frauen gehörst, die auf die Geliebte des Mannes eifersüchtig sind, aber ich fand, daß dieses Schmuckstück eigentlich dir zusteht. Es ist alter Familienschmuck, sagt Jan.«

Melanie krallte ihre Hand um das Armband. *»Ist das wahr?«* rief sie zu Jan hinüber, der die Sache bisher gar nicht mitbekommen hatte. »Hast du deiner Geliebten ein Armband geschenkt?«

Die Gespräche ringsrum verstummten nach und nach.

Jan starrte auf das Armband wie ein hypnotisiertes Kaninchen. »Ich ...«, stotterte er.

»Du Schwein«, brüllte Melanie.

Danach war es totenstill.

»Es tut mir wirklich leid«, sagte Matilda in die Stille hinein. »Ich wollte keinen Unfrieden stiften. Ich dachte, ihr beiden würdet derartige Arrangements in gegenseitigem Einvernehmen treffen. Ich wollte nur das Armband zurückgeben, weil ich dachte, daß Familienschmuck in die Familie gehört.«

Das war Carolines Stichwort.

»Oh«, sagte sie laut, »und mir hat er gesagt, ich sei die einzige!«

Alle Köpfe wandten sich ihr zu. Caroline holte tief Luft.

»Mir hat er auch keinen Schmuck geschenkt. Nur Geld«, sagte sie mit fast versagender Stimme. »Obwohl ich es gar nicht wollte. Wir haben uns nämlich geliebt, nicht wahr, Jan?«

Eigentlich war es gar nicht so schwer, wie sie gedacht hatte. Vielleicht lag das an dem albernen Kellnerinnen-Look. Darin fühlte sie sich wie verkleidet, gar nicht wie sie selbst.

Das Ganze war jetzt besser als im Film. Die Band schwieg immer noch, und Schweigen hatte sich auch über die Gästeschar gesenkt. Man hätte eine Stecknadel fallen lassen können *und* den Aufprall gehört. Alle starrten Caroline neugierig an.

Caroline schaute zu Boden. Sie wußte, daß sie genauso aussah, wie Matilda beabsichtigt hatte. Wie die brave, anständige kleine Dienstmagd, die der verwöhnte Sohn des Hausherrn verführt und wieder fallengelassen hatte – pfui.

Jan schrie: »Das ist doch lächerlich! Ich habe diese Person nie zuvor gesehen. Und diese da auch nicht.«

»Es war mein erstes Mal«, improvisierte Caroline mit jammervoller Stimme.

Ein Raunen ging durch die Gästeschar.

»Meins auch!« rief Ollie aus. »Und er hat mir weder Schmuck noch Geld gegeben.«

Matilda zuckte zusammen. *Das* hatte nicht zu ihrem Plan gehört. Ollie machte am Ende das Ganze noch unglaubwürdig. Aber gerade Ollies Bemerkung hatte Melanie-im-Brautkleid den Rest gegeben.

»*Oh*!« schrie sie. »Daß du mir so was antust!«

Und dann – ganz wie im Film – holte sie weit aus und schlug Jan ihre festeste Vorhand um die Ohren. Jan sagte gar nichts mehr.

»*Ich hasse dich*«, brüllte Melanie und löste damit vermutlich die Verlobung auf.

Sie raffte ihr Brautkleid zusammen und stürzte ins Haus.

Die Menge staunte atemlos. Sicher hatte sie nicht mit einer derart interessanten Wendung des Abends gerechnet.

Matilda fand, daß es an der Zeit war, das Feld zu räumen. »Ich gehe jetzt besser«, sagte sie. »Es tut mir leid, wenn ich Unfrieden gestiftet haben sollte.«

»Ich gehe auch«, sagte Caroline. Sie riß sich das alberne Häubchen vom Kopf und stiefelte hinter Matilda her dem Ausgang zu.

»Und ich auch«, sagte Ollie. »Musik bitte!«

Die Resistenten Kakerlaken spielten einen Tusch!

33

»So, das war's dann wohl«, sagte Matilda zufrieden, als sie die lange, kiesbestreute Einfahrt hinter sich gelassen hatten.

»Diese Verlobungsfeier wird der jedenfalls nicht vergessen«, fügte Ollie hinzu. »Ich bin sicher, daß Benedikt auch bald kommt. Wenn die Gäste auch nur ein bißchen Anstand haben, nehmen sie unauffällig die Geschenke vom Tisch und verschwinden.«

»Ja«, sagte Matilda und machte ein paar fröhliche Hopser auf dem Bürgersteig. »Aber das Beste kommt ja noch.«

»Hey! War das nicht das Auto von Franziskas Eltern?« fragte Caroline plötzlich und zeigte hinter einem roten Wagen her, der in die Braunsche Auffahrt einbog.

»Quatsch, jetzt siehst du Gespenster«, sagte Ollie, aber Matilda lachte.

»Klar war es das«, sagte sie stolz. »Ich habe eben dort angerufen und meinem Onkel gesagt, daß Jan der Vater von Franziskas Kind sei, nichts dafür zahlen will und gerade Verlobung mit einer anderen feiert. Und die Adresse habe ich ihm auch gleich gegeben. Ich denke, sein Wutausbruch wird der Feier erst die richtige Würze verleihen.«

»Aber Franzi ist doch gar nicht schwanger«, erwiderte Caroline. »Du machst den armen Mann völlig konfus.«

»Ach was, der verträgt das. Und seine Freude ist später um so größer, wenn er erfährt, daß er noch gar nicht Opa wird.«

»Gemein«, sagte Ollie fröhlich. »Wir sind so richtig gemein. Und wessen Probleme lösen wir jetzt?«

»Franziska hat immer noch ein Problem«, meinte Caroline. »Sie ist zwar nicht mehr schwanger und hat sowohl ihre Zyste als auch diesen widerwärtigen Typ vom Hals, aber leider auch Cornelius. Der weiß nicht mal, daß sie nur Schluß gemacht hat, weil sie schwanger ist – oder glaubte, es zu sein.«

»Hauptsache, sie ist ihn los«, fand Matilda. »Den alten Langweiler.«

»Aber sie liebt ihn«, sagte Caroline.

»Ach was!« schnaubte Matilda. »Ausgeschlossen.«

»Doch, ich glaube das auch«, sagte Ollie. »Wir könnten wenigstens den Versuch machen, die beiden wieder zusammenzubringen.«

Matilda sah auf die Uhr. »Viertel vor zehn. Wenn wir uns beeilen, können wir den Guten an der Schwimmhalle abfangen. Er hat noch bis zehn Wasserballtraining.«

Als sie völlig außer Atem bei der Halle anlangten, stiegen draußen schon die ersten Wasserballer auf ihre Motorräder.

»Sicher ist er schon weg«, keuchte Caroline.

»Sicher nicht«, meinte Matilda. »Er duscht immer am längsten, das weiß ich noch. Einen richtigen Duschfimmel hat der, echt! Da konnte ich mich immer unheimlich drüber aufregen.«

Sie schlug einem der Jungs auf die Schulter. »Hi! Der Cornelius, ist der noch drinnen?«

»Ja«, antwortete der Typ. »Im Umkleideraum. Den Gang runter die dritte Tür rechts.«

»Vielen Dank«, sagte Matilda. »Kommt!«

»Wir können doch hier draußen warten«, meinte Caroline. »Ich möchte nicht unbedingt in die Herrenumkleide.«

Ollie wollte das auch nicht.

»Die Sache duldet aber keinerlei Aufschub«, erklärte Matilda. »Wenn ihr nicht mitkommt, gehe ich allein.«

»Du sagst bestimmt das Falsche«, meinte Caroline. »So was muß man mit Diplomatie erledigen.«

»Dann kommt mit«, sagte Matilda und stiefelte mit großen Schritten in die Halle hinein.

Ollie und Caroline folgten ihr zögernd.

»Da sind sicher lauter nackte Männer«, flüsterte Caroline.

»Genau«, sagte Matilda. »Lauter nackte Wasserballer! Ohne Badekappe sehen die echt knuffig aus.«

»Laß uns wenigstens vor der Tür warten«, versuchte es Ollie noch einmal.

Aber es war schon zu spät. Matilda hatte die Tür zur Umkleide mit Schwung aufgestoßen. Wie erwartet, sprangen drei mehr oder weniger nackte Gestalten erschrocken zu ihren Handtüchern. Caroline sah diskret zu Boden.

»Kein Grund zur Panik«, rief Matilda fröhlich. »Wir suchen Cornelius.«

»Der duscht noch«, sagte der mit dem rötesten Kopf. Er hatte in der Eile nur einen Socken gefunden, den er vor sich hielt wie einst Adam sein Feigenblatt.

Matilda grinste ihn freundlich an. »Dem Rauschen nach ist die Dusche gleich dort hinten, nicht wahr?« meinte sie und durchmaß den Raum mit wenigen Schritten.

Die drei mehr oder weniger nackten Wasserballer schauten verblüfft hinter ihr her.

»Kommt«, sagte sie über ihre Schulter zu Ollie und Caroline.

Caroline folgte ihr mit rotgeflecktem Gesicht und starr auf den Boden gerichteten Blick. Ollie schaute ihr hinterher und entschloß sich dann, umzukehren und vor der Halle zu warten.

Cornelius hatte die Dusche bereits abgestellt und war dabei, sich abzutrocknen, als er die beiden Mädchen plötzlich vor sich stehen sah. »Was zum Henker …?« stotterte er und machte nicht den geringsten Versuch, seine Blöße zu bedecken.

»Wir sind gekommen, um dir was Wichtiges zu sagen«, erklärte Matilda.

»Es muß schon *sehr* wichtig sein«, sagte Cornelius. »Denn das hier ist die Herrendusche.«

»Ja«, sagte Matilda. »Das haben wir gemerkt.«

»Du spinnst doch, Matilda.«

»Es geht um Franziska. Ihr geht es nicht gut.«

»Um Franziska«, wiederholte Cornelius. »Sag bloß, ihr Typ hat keinen Parkplatz gefunden? So was macht Franziska nämlich todunglücklich, hast du das gewußt?«

»Du bist immer noch gekränkt«, sagte Caroline, den Blick weiterhin auf den Boden gerichtet. »Aber Franziska hatte ganz andere Gründe, eure Beziehung zu beenden.«

»Ja, ja, die kenne ich.« Cornelius schlappte wütend zum Umkleideraum hinüber und begann sich anzuziehen. »Irgend so ein reicher Schnösel mit Jaguar hat ihr wahnsinnig imponiert.«

»Ja«, sagte Matilda.

Die drei anderen Wasserballer in der Umkleide waren mucksmäuschenstill. Offensichtlich fanden sie das Gespräch sehr spannend.

»Na, also«, sagte Cornelius.

»Das stimmt schon«, fügte Caroline hinzu. »Aber das war in einer Zeit, in der du dich überhaupt nicht um Franziska gekümmert hast. Psychologisch ist das ganz einfach zu erklären. Sie hat sich vernachlässigt gefühlt und war daher besonders anfällig für Jans – ähm – Verführungsmethoden.«

»Picknicks im Mondschein, toll! Aber das ist ja auch egal. Mir hat sie gesagt, daß sie ihn liebt.«

»Sie hat gelogen«, sagte Caroline fest. »Und zwar, weil sie dir nicht die Wahrheit sagen wollte.«

»Und die wäre?«

»Franziska war schwanger«, sagte Matilda. »Und du hast ihr wohl gesagt, daß du zwar kein Baby bekommen willst, aber eine Abtreibung ebenfalls nicht akzeptieren würdest.«

»Und damit hast du ihr natürlich den Boden unter den Füßen weggezogen. Psychologisch ist das ganz einfach zu erklären. Sie wußte, daß du dich nicht über ein Baby freuen würdest, also wollte sie es auch nicht bekommen. Sie wußte aber genauso, daß du eine Abtreibung nicht gutheißen würdest, also konnte sie auch nicht abtreiben. Und aus diesem Paradoxon heraus hat sie dann Schluß gemacht.«

Cornelius saß fassungslos auf seinem Bänkchen »Ist das wahr?« fragte er und gab sich die Antwort gleich selber. »Ja, es ist wahr. Deshalb war sie so eigenartig und hat andauernd diese komischen Fragen gestellt. O mein Gott!«

»Ja, und dann hat dieser Jan sie auch noch im Stich gelassen«, setzte Caroline hinzu. »Das hat ihr den Rest gegeben. Sie ist so traurig die ganze Zeit, man kann es nicht mit ansehen.«

»O mein Gott«, stöhnte Cornelius und zog sich hastig seine Schuhe an. »Wo ist sie denn jetzt?«

»Im Evangelischen Krankenhaus«, antwortete Matilda, noch bevor Caroline sie in die Rippen stoßen konnte. »Gynäkologische Abteilung.«

»*O nein*«, schrie Cornelius aufspringend. »Das – o mein Gott, ich muß sofort zu ihr.«

»Warte doch!« rief Caroline, aber Cornelius rannte los wie eine Silvesterrakete.

»Zimmer dreihundertundzwei!« schrie Matilda ihm nach.

»Er weiß doch noch gar nicht, weswegen sie dort liegt«, jammerte Caroline. »Und daß sie gar nicht schwanger ist! Dabei hätte ich ihm das psychologisch so einfach erklären können.«

»Macht doch nichts«, meinte Matilda vergnügt und rieb sich die Hände. »Hauptsache, es hat funktioniert.«

»Ich fand, er sah beinahe wütend aus«, sagte Caroline.

»Und wenn schon! Ein bißchen Wut ist gut vor einer Versöhnung. Je dramatischer ein Streit zu Ende geht, um so schöner. Finde ich.«

»Ja, und er liebt sie so sehr«, seufzte Caroline. »Er hat nicht mal gefragt, ob das Kind nicht auch von diesem Jan sein könnte. Es war ihm völlig egal, so sehr liebt er sie. Ist das nicht schön?«

»Doch«, sagte der Wasserballer, der nur mit einem Socken bekleidet war, sichtlich gerührt. »Wunderschön.«

34

Die Pforte des Krankenhauses war längst geschlossen. In seiner Verzweiflung hätte Cornelius beinahe gegen die Glastüre getreten. Da gewahrte er einen jungen Mann im weißen Kittel, der auf einem kleinen Balkon über ihm ein Zigarettchen rauchte.

»Hallo, Sie!« rief er hinauf.

Der Pfleger starrte zu ihm hinunter. »Das ist erlaubt«, beteuerte er und zeigte auf die Zigarette. »Solange ich hier draußen rauche, hat niemand etwas dagegen.«

»Natürlich nicht«, sagte Cornelius verblüfft. »Ich wollte ja auch nur wissen, wie man hier reinkommt. Es ist dringend!«

»Durch die Notaufnahme, hinterm Haus. Können Sie nicht verfehlen. Da steht ein großes Schild, und alles ist hell erleuchtet. Die armen Kerle sind die einzigen, die um diese Tageszeit arbeiten müssen. Und unsereiner, natürlich.«

»Ja, natürlich«, sagte Cornelius. »Und vielen Dank.«

Er rannte um das Gebäude herum, und tatsächlich, der Eingang, über dem *Ambulanz* stand, war geöffnet.

Vorsichtig betrat Cornelius den Flur. Falls ihn jemand aufhalten wollte, würde er sagen, er habe gerade einen Freund hergebracht mit Nasenbluten und wolle auf ihn warten. So was gab es hier sicher alle Tage.

Aber niemand hielt ihn auf. Unbeachtet gelangte Cornelius zu den Aufzügen. Im dritten Stock war es, bis auf die Notbeleuchtung in den Gängen, stockdunkel. Cornelius hatte Schwierigkeiten, die Linien farblich zu unterscheiden, die auf den Boden aufgemalt waren und zu den einzelnen Stationen führten. Die Gynäkologische Station war mit gelb gekennzeichnet. Cornelius folgte der Linie durch mehrere Glastüren, die alle offenstanden. Kein Mensch begegnete ihm. Schließlich fand er die Zimmernummer dreihundertundzwei. Vorsichtig drückte er die Klinke herunter. Hoffentlich hatte Matilda sich nicht vertan. Im Zimmer war es nämlich stockdunkel. Cornelius überlegte, ob er sich von Bett zu Bett tasten wollte. Er war sicher, Franziska allein durch Tasten identifizieren zu können, aber er wollte natürlich nicht riskieren, daß er eine andere Frau aufweckte, die dann die Klinik zusammenschrie.

Kurz entschlossen machte er das Licht an. Zwei Neonröhren flammten auf und tauchten den Raum in strahlend-helles Licht. Cornelius sah sich schnell um. Da standen drei Betten nebeneinander, und Franziska lag hinten am Fenster. Deutlich sah er ihren braunen Haarschopf auf dem Kopfkissen. Er machte das Licht wieder aus. Niemand war aufgewacht. Vorsichtig schlich er zum hinteren Bett und kniete sich neben Franziskas Kopfende.

»Hey Franziska«, flüsterte er in ihr Ohr. »Wach auf.«

Franziska rührte sich nicht. Dafür drehte sich die Frau im Nachbarbett unruhig herum.

Cornelius hielt die Luft an. Er streichelte über Franziskas Wange.

»Franziska«, flüsterte er eindringlich. »Wach auf!«

Franziska knurrte etwas Unverständliches.

»Ich bin es«, zischte Cornelius. »Wach endlich auf!«

Franziska setzte sich mit einem Ruck aufrecht. »Wer ist da?« rief sie.

»Schschsch!« zischte Cornelius. »Ich bin es, Cornelius.«

»Cornelius?«

»Ja, ich mußte einfach herkommen. Franziska, ich habe eben erst erfahren, was los war. Es tut mir so leid, daß ich nicht verstanden habe, in welchen Schwierigkeiten du stecktest. Das ist alles meine Schuld.«

»Nein«, sagte Franziska schlaftrunken. »Das ist es nicht.«

»Doch. Ich hätte merken müssen, daß etwas nicht stimmt. Und ich hätte nicht so einen Blödsinn reden dürfen, von wegen eine Abtreibung sei unmoralisch. Damit habe ich dich total unter Druck gesetzt. Es tut mir so leid.«

Über ihnen flammten wieder die Neonröhren auf.

Cornelius merkte es gar nicht. »Ich wollte nur, daß du weißt, daß ich zu dir stehe, ganz egal, was du auch getan haben magst. Ich würde niemals aufhören, dich zu lieben, Franziska.«

Franziskas Augen brauchten eine Weile, um sich an das helle Licht zu gewöhnen. Zuerst sah sie Cornelius nur ganz verschwommen, aber nach und nach bekam er seine vertrauten Konturen. Wie gut er aussah! Und wie wunderbar es war, ihn in ihrer Nähe zu haben. Sie streichelte über seine Locken.

»Hey, die sind ja ganz naß«, murmelte sie.

»Ich hatte es eilig«, sagte Cornelius und zog sie ganz fest an sich.

Franziska seufzte überwältigt. »Und du kommst mitten in der Nacht her, um mir das zu sagen?«

»Ich hätte nicht eine Sekunde mehr warten können. Geht es dir gut? Ist alles in Ordnung?«

»Ja, jetzt geht es mir gut«, seufzte Franziska.

Über seine Schulter hinweg sah sie, daß die anderen Frauen ebenfalls aufgewacht waren. Eine von ihnen mußte das Licht angemacht haben. Sie saßen ganz still in ihren Betten und sahen gespannt zu ihnen herüber.

»Wie bist du hier hereingekommen?« fragte Franziska.

»Ich habe mich durch die Notaufnahme hochgeschlichen«, sagte Cornelius, ohne sie loszulassen.

»Das hast du getan? Oh, das ist ja so romantisch«, rief Franziska aus.

Die Frauen in ihren Betten fanden das wohl auch. Sie lächelten ihr alle beide aufmunternd zu.

»Wir müssen eine Menge bereden«, sagte Franziska. »Es gibt so vieles, was du nicht weißt.«

»Ja, das ist gut möglich«, erwiderte Cornelius und drückte sie noch fester an sich.

Die beiden Frauen nickten zufrieden mit dem Kopf.

35

»Das Leben ist ja so schön«, seufzte Franziska und schaute in den Himmel hinauf.

»Ja«, seufzte Caroline.

»Ich wüßte nicht, was daran schön ist«, murrte Matilda. Sie lagen nebeneinander auf der Wiese im Volksgarten: Caroline auf dem Bauch in einem Buch blätternd, ohne darin zu lesen, Franziska auf dem Rücken, Löcher ins Blaue starrend, und Matilda mit den üblichen Eiswürfeln auf dem Bauch.

Caroline setzte sich glücklich auf.

»Wißt ihr, was Johannes heute morgen am Telefon zu mir gesagt hat?«

»Ich will es nicht wissen«, antwortete Matilda mürrisch.

Caroline nahm keine Notiz von ihren Worten. »Er hat gesagt, ich sei die erste Frau, die er am liebsten Tag und Nacht um sich haben würde.«

»Wie *toll*!« spottete Matilda. »Ich bin mal gespannt, wann er die Nase voll hat von deiner Jungfräulichkeitsmasche.«

»Bis jetzt jedenfalls nicht«, versicherte Caroline. »Er hat gesagt, er findet es toll, daß ich auf ihn gewartet habe, und wir hätten alle Zeit der Welt *dafür*.«

»Schön«, fand Franziska.

»Schön blöd«, sagte Matilda. »Ich finde das so bescheuert, wie ihr beiden euch aufführt, so frisch verliebt und *unheimlich* glücklich in eurer spießigen Beziehung. Und ich bin ganz allein!«

»Aha, von daher weht der Wind. Du bist neidisch und

unzufrieden«, schlußfolgerte Franziska. »Du gönnst uns unser Glück nicht. Und du bist sauer, daß es dir nicht gelungen ist, Caro den Johannes auszuspannen.«

»Das ist nicht wahr«, verteidigte sich Matilda. »Ich habe nur mit Johannes geflirtet, weil ich wollte, daß Caroline sich endlich in ihn verliebt. Man verliebt sich nämlich nur in jemanden, der nicht so leicht zu haben ist, das weiß doch jedes Kind.«

»Danke«, sagte Caroline gerührt.

»Hahaha«, spöttelte Franziska. »Das glaubst du doch wohl selber nicht.«

»Ist ja auch egal«, sagte Matilda und schüttelte das Eiswasser von ihrem Bauch. »Jedenfalls finde ich es stinklangweilig mit euch. Cornelius hat gesagt, blablabla, Johannes hat gesagt, blablabla, ich bin ja so glücklich, blablabla! So geht das den ganzen Tag. Mir steht das bis *hier*.«

»Was ist denn mit Peter, Paul und Mary?« erkundigte sich Caroline.

»Ach die!« Matilda machte eine wegwerfende Handbewegung.

»Ja, was willst du denn? Schließlich kann nicht andauernd einer von uns schwanger sein!« lachte Franziska.

»Ich will auch eine normale Beziehung«, brach es aus Matilda heraus. »Ich will auch sagen können: Der Dings hat gesagt, der Dings hat gesagt, den ganzen Tag lang. Dann seht ihr nämlich auch mal, wie doof das ist.«

»Also, ich finde das toll«, sagte Caroline. »Von mir aus kann das jetzt immer so weitergehen. Jahrelang!«

»Ja«, seufzte Franziska. »Keine blöden Abenteuer mehr, von denen nichts zurückbleibt als ein ekelhafter Beigeschmack. Ganz zu schweigen von dem Ärger, den ich mit meinen Eltern hatte. Ich glaube, mein Vater hat mich aus seinem Testament gestrichen.«

»Wenn du auch eine stinknormale Beziehung haben willst, mußt du doch einfach nur Peter, Paul oder Mary erhören«, meinte Caroline zu Matilda.

Maltilda schüttelte den Kopf. »Peter, Claudius und René«, sagte sie. »Und das ist gar nicht so einfach. René hat eine Freundin in Freiburg, wo er studiert hat, Peter findet das so, wie es ist, genau richtig, und Claudius redet bedenklich oft von dem Haus mit Wintergarten, das er mal bauen will. Welchen soll ich denn nehmen?«

»Claudius«, riefen Franziska und Caroline wie aus einem Mund.

»Am besten noch heute«, setzte Franziska hinzu. »Dann verdirbst du uns nicht mehr die Stimmung und kannst endlich ausprobieren, wie das ist, einem einzigen Mann treu zu sein.«

»Ja«, seufzte Matilda. »Vielleicht sollte ich das wirklich. Und wenn es nur für ein paar Wochen ist.«